吉林全書

雜集編

⑫

吉林文史出版社

圖書在版編目（CIP）數據
香餘詩鈔 / (清) 沈承瑞著 . 吉林紀事詩 / (清) 沈兆禔著 . -- 長春 : 吉林文史出版社 , 2024. 12.
(吉林全書). -- ISBN 978-7-5752-0832-1
Ⅰ . I222.749
中國國家版本館 CIP 數據核字第 2024SD1606 號

XIANGYU SHICHAO JILIN JISHI SHI
香餘詩鈔 吉林紀事詩

著　　者　［清］沈承瑞　［清］沈兆禔
出 版 人　張　强
責任編輯　王　非　任明雪
封面設計　溯成設計工作室
出版發行　吉林文史出版社
地　　址　長春市福祉大路5788號
郵　　編　130117
電　　話　0431-81629356
印　　刷　吉林省吉廣國際廣告股份有限公司
印　　張　27
字　　數　112千字
開　　本　787mm × 1092mm　1/16
版　　次　2024年12月第1版
印　　次　2024年12月第1次印刷
書　　號　ISBN 978-7-5752-0832-1
定　　價　150.00圓

《吉林全書》編纂委員會

總主編　曹路寶

雜集編主編　胡維革　李德山　劉奉文

《吉林全書》學術顧問委員會

學術顧問（按姓氏音序排列）

邴　正　陳紅彦　程章燦　杜澤遜　關樹東　黃愛平　黃顯功　江慶柏
姜偉東　姜小青　李花子　李書源　李　岩　李治亭　厲　聲　劉厚生
劉文鵬　全　勤　王　鍔　韋　力　姚伯岳　衣長春　張福有　張志清

總序

『長白雄東北，嵯峨俯塞州。』吉林省地處中國東北中心區域，是中華民族世代生存融合的重要地域，素有『白山松水』之地的美譽。歷史上，華夏、濊貊、肅慎和東胡族系先民很早就在這片土地上繁衍生息，高句麗、渤海國等中國東北少數民族政權在白山松水間長期存在，以契丹族、女真族、蒙古族、滿族融合漢族在内的多民族形成的遼、金、元、清四個朝代，共同賦予吉林歷史文化悠久獨特的優勢和魅力，決定了吉林文化不可替代的特色與價值，具有緊密呼應中華文化整體而又與衆不同的生命力量，見證了中華民族共同體的融鑄和我國統一多民族國家的形成與發展。

提到吉林，自古多以千里冰封的寒冷氣候爲人所知，一度是中原人士望而生畏的苦寒之地，一派肅殺之氣。再加上吉林文化在自身發展過程中存在着多次斷裂，致使衆多文獻湮没、典籍無徵，一時多少歷史文化精粹『明珠蒙塵』，因此，形成了一種吉林缺少歷史積澱，文化不若中原地區那般繁盛的偏見。實際上，在數千年的漫長歲月中，吉林大地上從未停止過文化創造，自青銅文明起，從先秦到秦漢，再到隋唐直至明清，吉林地區不僅文化上不輸中原地區，還對中華文化産生了深遠的影響，爲後人留下了衆多優秀古籍，涵養着吉林文化的根脉，猶如璀璨星辰，在歷史的浩瀚星空中閃耀着奪目光輝，標注着地方記憶的傳承與中華文明的賡續。我們需要站在新的歷史高度，用另一種眼光去重新審視吉林文化的深邃與廣闊，通過豐富的歷史文獻典籍去閱讀吉林文化的傳奇與輝煌。

吉林歷史文獻典籍之豐富，源自其歷代先民的興衰更替、生生不息。吉林文化是一個博大精深的體系，從左家山文化的『中華第一龍』，到西團山文化的青銅時代遺址，再到二龍湖遺址的燕國邊城，都見證了吉林大地的文明在中國歷史長河中的肆意奔流。早在兩千餘年前，高句麗人的《黄鳥歌》《人參贊》以及《留記》等文史作品就已在吉林誕生，成爲吉林地區文學和歷史作品的早期代表作。高句麗文人之《新集》，渤海國人『疆理雖重海，車書本一家』之詩篇，金代海陵王詩詞中的『一咏一吟，冠絶當時』，再到金代文學的『華實相扶，骨力遒上』，皆凸顯出吉林不遜文教、獨具風雅之本色。

吉林歷史文獻典籍之豐富，源自其地勢四達并流、山水環繞。吉林土地遼闊而肥沃，山河壯美而令人神往，吉林大地可耕可牧、可漁可獵，無門庭之限，亦無山河之隔，進出便捷，四通八達。沈兆禔在《吉林紀事詩》中寫道，『肅慎先徵孔氏書』，印證了東北邊疆與中原交往之久遠。早在夏代，居住於長白山脚下的肅慎族就與中原建立了聯係。一部《吉林通志》，『考四千年之沿革，挈領提綱；綜五千里之方輿，辨方正位』，從時間和空間兩個維度，寫盡吉林文化之淵源深長。

吉林歷史文獻典籍之豐富，源自其民風剛勁、民俗絢麗。《長白徵存録》寫道，『日在深山大澤之中，伍鹿豕、耦虎豹，非素嫻技藝，無以自衛』，描繪了吉林民風的剛勁無畏，爲吉林文化平添了幾分豪放之感。清代藏書家張金吾也在《金文最》中評議，『知北地之堅强，絶勝江南之柔弱』，足可見，吉林大地與生俱來的豪健英杰之氣。同時，與中原文化的交流互通，也使邊疆民俗與中原民俗相互影響、不斷融合，既體現出敢於拼搏、鋭意進取的開拓精神，又兼具脚踏實地、穩中求實的堅韌品格。

吉林歷史文獻典籍之豐富，源自其諸多名人志士、文化先賢。自古以來，吉林就是文化的交流彙聚之地，從遼、金、元到明、清，每一個時代的文人墨客都在這片土地留下了濃墨重彩的文化印記。特別是，清代東北流人的私塾和詩社，爲吉林注入了新的文化血液，用中原的文化因素教化和影響了東北的人文氣質和文化形態；至近代以『吉林三杰』宋小濂、徐鼐霖、成多禄爲代表的地方名賢，以及寓居吉林的吴大澂、金毓黻、劉建封等文化名家，將吉林文化提升到了一個全新的高度，他們的思想、詩歌、書法作品中無一不體現着吉林大地粗狂豪放、質樸豪爽的民族氣質和品格，滋養了孜孜矻矻的歷代後人。

盛世修典，以文化人，是中華民族延續至今的優良傳統。我們在歷史文獻典籍中尋找探究有價值、有意義的歷史文化遺産，於無聲中見證了中華文明的傳承與發展。吉林省歷來重視地方古籍與檔案文獻的整理出版。自二十世紀八十年代以來，李澍田教授組織編撰的《長白叢書》，開啓了系統性整理、組織化研究吉林文獻典籍的先河，贏得了『北有長白，南有嶺南』的美譽；進入新時代以來，鄭毅教授主編的《長白文庫》叢書，繼續肩負了保護、整理吉林地方傳統文化典籍，弘揚民族精神的歷史使命，從大文化的角度折射出吉林文化的繽紛异彩。隨着《中國東北史》和《吉林通史》等一大批歷史文化學術著作的問世，形成了獨具吉林特色的歷史文化研究學術體系和話語體系，對融通古今、賡續文脉發揮了十分重要的作用。正是擁有一代又一代富有鄉邦情懷的吉林文化人的辛勤付出和豐碩成果，使我們具備了進一步完整呈現吉林歷史文化發展全貌，淬煉吉林地域文化之魂的堅實基礎和堅定信心。

當前，吉林振興發展正處在滚石上山、爬坡過坎的關鍵時期，機遇與挑戰并存，困難與希望同在。站在這樣的歷史節點，迫切需要我們堅持高度的歷史自覺和人文情懷，以文獻典籍爲載體，全方位梳理和展示吉林政治、經濟、社會、文化發展的歷史脉絡，讓更多人瞭解吉林歷史文化的厚度和深度，感受這片土地獨有的文化基因和精神氣質。

鑒於此，吉林省委、省政府作出了實施《吉林全書》編纂文化傳承工程的重大文化戰略部署，這不僅是深入學習貫徹習近平文化思想、認真落實黨中央關於推進新時代古籍工作要求的務實之舉，也是推進吉林優秀傳統文化保護傳承、建設文化强省的重要舉措。歷史文獻典籍是中華文明歷經滄桑留下的最寶貴的東西，是吉林優秀歷史文化『物』的載體，彙聚了古人思想的寶藏、先賢智慧的結晶。對歷史最好的繼承，就是創造新的歷史。傳承延續好這些寶貴的民族記憶，就是要通過深入挖掘古籍蘊含的哲學思想、人文精神、價值理念、道德規範，推動中華優秀傳統文化創造性轉化、創新性發展，作用于當下以及未來的經濟社會發展，更好地用歷史映照現實、遠觀未來。這是我們這代人的使命，也是歷史和時代的要求。

從《長白叢書》的分散收集，到《長白文庫》的萃取收録，再到《吉林全書》的全面整理，以歷史原貌和文化全景的角度，進一步闡釋了吉林地方文明在中華文明多元一體進程中的地位作用，講述了吉林人民在不同歷史階段爲全國政治、經濟、文化繁榮所作的突出貢獻，勾勒出吉林文化的質實貞剛和吉林精神的雄健磊落、慷慨激昂，引導全省廣大幹部群衆更好地瞭解歷史、瞭解吉林，挺起文化脊梁、樹立文化自信，不斷增强砥礪奮進的恒心、韌勁和定力，持續激發創新創造活力，提振幹事創業的精氣神，爲吉林高品質發展明顯進位、全面振興取得新突破提供有力文化支撑，彙聚强大精神力量。

爲扎實推進《吉林全書》編纂文化傳承工程，我們組建了以吉林東北亞出版傳媒集團爲主體，涵蓋高等院校、研究院所、新聞出版、圖書館、博物館等多個領域專業人員的《吉林全書》編纂委員會，并吸收國内知名清史、民族史、遼金史、東北史、古典文獻學、古籍保護、數字技術等領域專家學者組成顧問委員會，經過認真調研、反復論證，形成了《〈吉林全書〉編纂文化傳承工程實施方案》，確定了『收集要全、整理要細、研究要深、出版要精』的工作原則，明確提出在編纂過程中不選編、不新創，尊重原本、致力全編，力求全方位展現吉林文化的多元性和完整性。在做好充分準備的基礎上，《吉林全書》編纂文化傳承工程於二〇二四年五月正式啓動。

爲高質量完成編纂工作，編委會對吉林古籍文獻進行了空前的彙集，廣泛聯絡國内衆多館藏單位，尋訪民間收藏人士，重點以吉林省方志館、東北師範大學圖書館、長春師範大學圖書館、吉林省社科院爲收集源頭開展了全面的挖掘、整理和集納；同時，還與國家圖書館、上海圖書館、南京圖書館、遼寧省圖書館、吉林省圖書館、吉林市圖書館等館藏單位及各地藏書家進行對接洽談，獲取了充分而精准的文獻信息。同時，專家學者們也通過各界友人廣徵稀見，在法國國家圖書館、日本國立國會圖書館、韓國國立中央圖書館等海外館藏機構搜集到諸多珍貴文獻。在此基礎上，我們以審慎的態度對收集的書目進行甄别、分類、整理和研究，形成了擬收録的典藏文獻名録，分爲著述編、史料編、雜集編和特編四個類别。此次編纂工程不同於以往之處，在於充分考慮吉林的地理位置和歷史變遷，將散落海内外的日文、朝鮮文、俄文、英文等不同文字的相關文獻典籍一并集納收録，并以原文搭配譯文的形式收於特編之中。截至目前，我們已陸續對一批底本最善、價值較高的珍稀古籍進行影印出版，爲館藏單位、科研機構、高校院所以及歷史文化研究者、愛好者提供參考和借鑒。

『周雖舊邦，其命維新』，文獻典籍最重要的價值在於活化利用。編纂《吉林全書》并不意味着把古籍束之高閣，而是要在『整理古籍、複印古書』的基礎上，加强對歷史文化發展脉絡的前後貫通、左右印證，更好地服務於對吉林歷史文化的深入挖掘研究。爲此，我們同步啓動實施了『吉林文脉傳承工程』，旨在通過『研究古籍、出版新書』，讓相關學術研究成果以新編新創的形式著述出版，借助歷史智慧和文化滋養，通過創造性轉化、創新性發展，探尋當前和未來的發展之路，以守正創新的正氣和鋭氣，賡續歷史文脉、譜寫當代華章。

做好《吉林全書》編纂文化傳承工程是一項『汲古潤今，澤惠後世』的文化事業，責任重大、使命光榮。我們將秉持敬畏歷史、敬畏文化之心，以精益求精、止於至善的工作信念，上下求索、耕耘不輟，爲實現文化種子『藏之名山，傳之後世』的美好願景作出貢獻。

《吉林全書》編纂委員會

二〇二四年十二月

凡例

一、《吉林全書》（以下簡稱《全書》）旨在全面系統收集整理和保護利用吉林歷史文獻典籍，傳播弘揚吉林歷史文化，推動中華優秀傳統文化傳承發展。

二、《全書》收録文獻地域範圍，首先依據吉林省當前行政區劃，然後上溯至清代吉林將軍、寧古塔將軍所轄區域内的各類文獻。

三、《全書》收録文獻的時間範圍，分爲三個歷史時段，即一九一一年以前，一九一二至一九四九年，一九四九年以後。每個歷史時段的收録原則不同，即一九一一年以前的重要歷史文獻，收集要『全』；一九一二至一九四九年間的重要典籍文獻，收集要『精』；一九四九年以後的著述豐富多彩，收集要『精益求精』。

四、《全書》所收文獻以『吉林』爲核心，着重收録歷代吉林籍作者的代表性著述，流寓吉林的學人著述，以及其他以吉林爲研究對象的專門著述。

五、《全書》立足於已有文獻典籍的梳理、研究，不新編、新著、新創。出版方式是重印、重刻。

六、《全書》按收録文獻内容，分爲著述編、史料編、雜集編和特編四類。

著述編收録吉林籍官員、學者、文人的代表性著作，亦包括非吉林籍人士流寓吉林期間創作的著作。作品主要爲個人文集，如詩集、文集、詞集、書畫集等。

史料編以歷史時間爲軸，收録一九四九年以前的歷史檔案、史料、著述，包含吉林的考古、歷史、地理資料等；收録吉林歷代方志，包括省志、府縣志、專志、鄉村村約、碑銘格言、家訓家譜等。

雜集編收録關於吉林的政治、經濟、文化、教育、社會生活、人物典故、風物人情的著述。特編收録就吉林特定選題而研究編著的特殊體例形式的著述。重點研究認定『滿鐵』文史研究資料和東北亞各民族不同語言文字的典籍等。關於特殊歷史時期，比如，東北淪陷時期日本人以日文編寫的『滿鐵』資料作爲專題進行研究，以書目形式留存，或進行數字化處理。開展對滿文、蒙古文，高句麗史、渤海史、遼金史的研究，對國外研究東北地區史和高句麗史、渤海史、遼金史的研究成果，先作爲資料留存。

七、《全書》出版形式以影印爲主，影印古籍的字體版式與文獻底本基本保持一致。

八、《全書》整體設計以正十六開開本爲主，對於部分特殊内容，如，考古資料等書籍采用一比一的比例還原呈現。

九、《全書》影印文獻每種均撰寫提要或出版説明，介紹作者生平、文獻内容、版本源流、文獻價值等情況。影印底本原有批校、題跋、印鑒等，均予保留。底本有漫漶不清或缺頁者，酌情予以配補。

十、《全書》所收文獻根據篇幅編排分册，篇幅適中者單獨成册，篇幅較大者分爲序號相連的若干册，篇幅較小者按類型相近或著作歸屬原則數種合編一册。數種文獻合編一册以及一種文獻分成若干册的，頁碼均單排。若一本書中收録兩種及以上的文獻，將設置目録。各册按所在各編下屬細類及全書編目順序編排序號，全書總序號則根據出版時間的先後順序排列。

目録

丁巳九月

香餘詩鈔

宋小濂署

吉林沈氏家藏

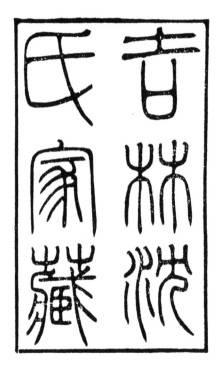

提要

《香餘詩鈔》，［清］沈承瑞（一七八三至一八四〇）撰。沈承瑞字香餘，吉林人。晚清詩人，被譽爲吉林詩壇的開創者，後來的吉林三杰均受其影響。成多禄爲《香餘詩鈔》撰『香餘詩鈔序』，宋小濂撰《沈香餘先生傳》并『香餘詩鈔跋』。著述除《香餘詩鈔》外，尚著有《仿初山房文集》。沈氏生在吉林，長在吉林，終老于吉林，且熱愛家鄉。故《香餘詩鈔》收詩多爲吟咏吉林之山川、地理、歷史遺迹、人物、風物遺迹等。有民國六年（一九一七）刻本，吉林沈氏藏版。

爲盡可能保存古籍底本原貌，本書做影印出版，因此，書中個别特定歷史背景下的作者觀點及表述内容，不代表編者的學術觀點和編纂原則。

沈香餘先生傳

鄉姻後學宋小濂撰

吾吉僻處東陲爲滿洲故國俗尚武勇與内地文化相隔絶自有清開國百餘年絃誦寂然榛狉如故從未有奮然興起潤色荒陋與中原文士相追逐者有之自香餘先生始先生姓沈氏名承瑞香餘其字也吉林人少聰敏家貧好學工文喜吟咏蚤

補弟子員有聲庠序以高等食餼長游京師從學於蔣心餘太史太史故為詩壇主盟先生執贄升堂得其三昧遂以詩名當是時茹古香殿撰方視學奉天見先生詩奇之招致幕中襄校文藝旋以優行貢於朝考列二等用為訓導由是才名藉甚咸謂取青紫如拾芥乃文章憎命累舉不第先生既不得志於有司挾策走長江上游

歷諸侯幕府冀得鄭當時李充其人者爲之推轂說士久之無所遇侘傺無聊浩然歸去蓋自此先生不復出矣然先生之志固未嘗以窮達易也既不得爲世用仍欲出其所學以誘導後進於舍傍闢小園築講舍教授鄉之子弟吾鄉邊鄙側陋素安椎魯自先生歸英俊之士始知向學游其門者多所成就而風雅之作亦於此導其

源爲先生更於園中植花木果蔬性嗜落蘇尤多種之故名其園曰小茄園有終爲之志誦讀之暇益肆力於詩清微淡遠一本性靈時方承平又伏處鄉里故多閒適淸幽之作乏激昂慷慨之音然彼時文化未開輪輿肇始得此固良非易易自甲子至丁丑得詩若干首皆其手稿非定本也先生生於清乾隆四十六年癸卯卒於道

光二十年庚子年五十八歲並著有仿初山房文集弟承訓亦績學與先生無愧伯仲著有守中閣文集宣統三年吉林災二集及家中藏書皆燬於火惟詩草倉皇奪出得以僅存噫此殆天憫先生之志有以默佑之歟

論曰莫或先之誰為後之是知古今創始之難也先生生於荒陬時當草昧獨能肇

路藍縷以啟山林得不謂豪傑之士哉

序

余自束髮受書嘗聞吾吉有沈香餘先生善為詩歌欲從而求之顧不可得及壯就試聞聆同人誦其一二忽忽時日旋亦忘之至辛丑歲始由先生從孫德涵海樓所得讀先

生遺稿凡言懽述別之情屬事比物之旨與夫登臨衆古諸作無美弗備信乎其能詩也吉林爲關外勵武之區高皇帝發祥長白由一隅而有天下其時佐命勳臣吉林幾得其半即奕禩而後已武功戰績

膺侯封攤疆寄者亦復踵接翩
聯榮戟相望惟於文章歌詠之事
閒世無之識者用為歎憾先生呂
一諸生獨能卓然特出纂著鴻篇
上與一代武功遥相輝映亦奇矣哉
往者乾嘉之際錢某庵尚書嘗本

國名江漢之義選輯八旗詩名為熙朝雅頌集今者姓氏徃徃冠吕長白一時稱為盛事究其所謂長白者要皆吕餘言之實於吾吉土著固不與也至若先生則固生于斯長于斯而又壓忍卓絕成業于斯是

誠當時所寡有者顧吕其時稍後未得吕斯編與於錢氏之選夫六後生小子所同慨矣然而編簡常存文明日進迄今百十年吾吉人士追數先朝今者率吕先生為之嚆矣較諸錢氏所選系於此而籍

於彼者其所謂不更大哉先生諱承瑞字香餘吉林漢軍旗人嘉慶朝諸生外有文稿若干卷茲不著〻其有關詩教者用以訓邦人而勵後進光緒壬寅仲秋之月

鄉後學成多祿序

倫枝

香餘先生詩艸題詞

陽羨衛薪汾瀘溪吉谷

片羽重雞林榮綍皁蓄

迴瀾七浩之時徵淨土

也藝輯贊編修盛事業

成紀也及元音彙播大
埜饒形勝數人先生西
二吟
大發輪扶留關局香餘
若圖護寶蘤詩人墜海
發天白李子大成此穀

青楳竹殹窗三廿契楳譔
交竹兄與先生皆游扈
吉入丙乙詩鳴嗇
昭後一鐙熒辦香我大
同留藝東國騷壇炳日
星

福京周舍侯榕湖

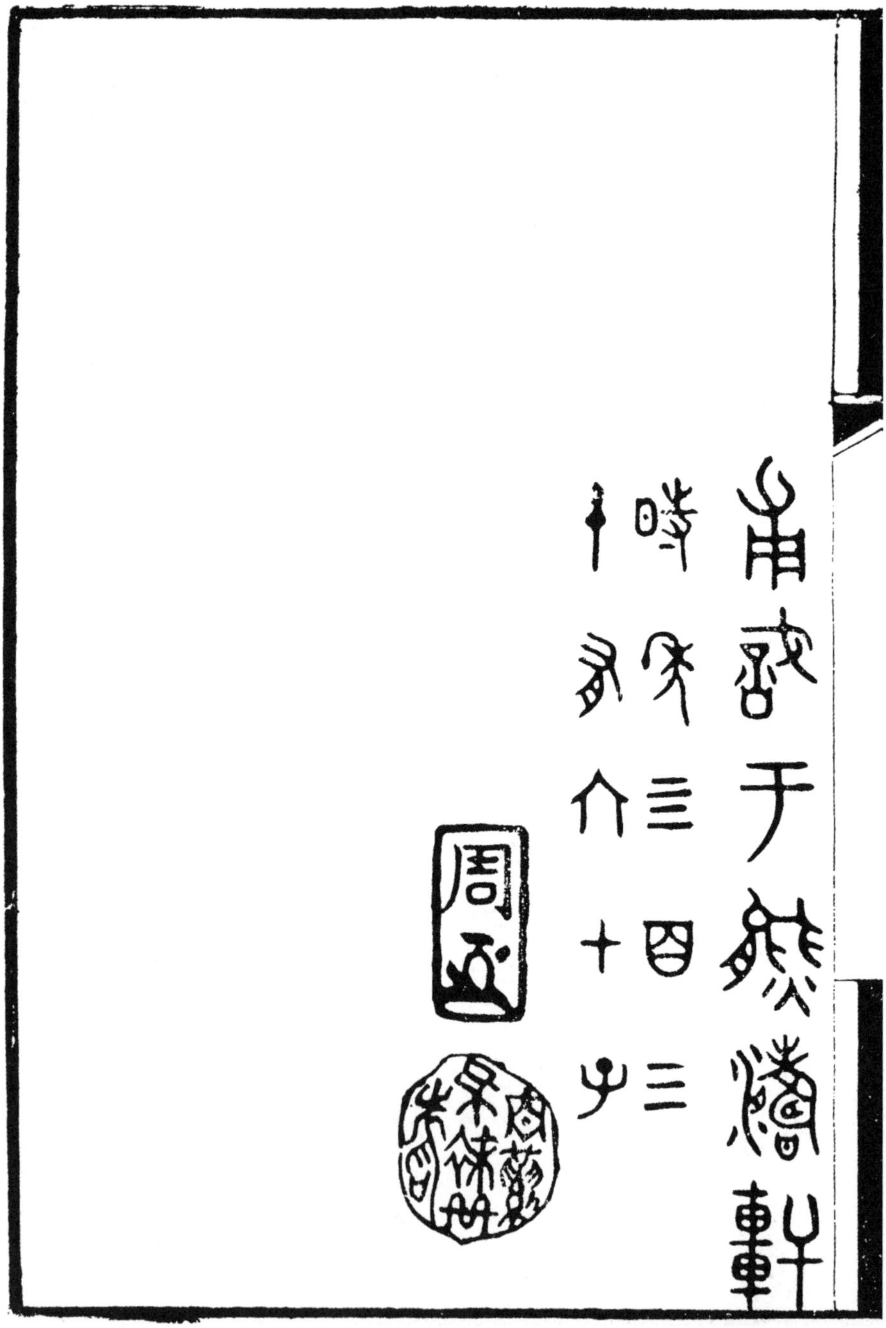
甫容于然齋軒
時年三四三
周正

香餘詩鈔目錄

甲子至丁丑

醫無閭山

大淩河

杏山

背陰鋪

盧龍

灤河

陶然亭讌集孫虞山孝廉白宜菴明府王竹町明經即席作

早行

繆棋瀣山居十咏

春草堂

松花閣

静觀盧

藏雲亭

夢鶴軒

掬波廊

早發
威遠邊門
開原道中
途中遇雨
日暮汎河
大淩河
行路曲
重過背陰鋪二首

竹樵病起

江干卜者孫君索題

歸寓

普濟菴古松行

過楊木林

題袁太史子才詩集二首

香餘詩鈔

甲子至丁丑

江上吟

初日升東山照耀江水赤微風蕩桃花流水杳無迹江上誰家子扁舟自弄笛散髮任夷游忘情淡今昔曲罷人不知蒼茫煙樹碧

贈楊鶴峯

環堵蕭然舊草廬傳家饒有向歆書那知手澤龍蛇動竟使文章日月虛一席廣文窮白首（令尊象白先生任平山訓導）十年公子困青裾只餘經訓菑畬地老圃秋風帶月鋤

憶初惇五師

海上琴不彈江水空復深昨夜夢中來孫鶴立雪岑

江夜二首

偶來江上坐直到夜深時涼月遥同素孤雲別有姿樓高天作幕村遠樹爲籬鷗夢扁舟穩漁燈淡不吹

清溪遠城市風定不生潮人意如波懶詩心入夜遙鐘鳴山色暗犬吠水聲囂拂袂行沽酒寒星落野橋

長白山

帝業荒東北茲山實效靈龍形蟠大野雲

氣撼滄溟水瀉雙流白天開萬古青何年
駐鑾蹕珥筆侍仙廷

松花江

東去大江水高源何處來混同天一色長
白雪千堆遶塞茫茫劃江北流與蒙古分界孤城灩
灩開北山一登眺惆悵濟川材

懿路廢城二首

何代屯兵地凋零賸破門高原烘落日殘

潦醫荒村慣使驢駞水時看野放豚從誰
問興廢設險蹟空存
斜陽淡殘郭風色馬頭斑客路隨山斷歸
雲逐鳥還旗亭秋葉下桑落酒杯閑久罷
清時戍風塵憶抱關

望城頭月同金鑾坡尚鋏峯

一片城頭月他鄉共故鄉那能將遠意空
自照迴腸星宿當頭小河山入鏡涼三人

同坐影客味更分甞

咏烏拉草二首 有序

土人縫皮爲鞋附以皮環紉以麻繩最利跋涉國語名曰烏拉内藉以草此草不知何名生而性温椎之使綿納烏拉中可禦寒故名烏拉草通志不載詩以志之

萋萋芳草滿江湄細綠柔黄各一時籬落

人家秋刈穫山村父老夜砧椎任他氷雪侵鞋冷到處陽春與脚隨太史豳風圖繪否獻芹頋報一人知

天生小草禦嚴寒春雨秋風幾度殘碧帶淺園新緑水黃雲淡抹夕陽灘朝隨葛屨留雙印夜趁糠燈絮一團自是聖恩能被遠微芳亦効寸心丹

晴

樓角天全碧煩陰一洗空淡雲移遠岸高
樹挂殘虹打麥人登圃觀漁港轉篷行人
遲戒道爽氣入詩筒

姜女祠

姜女荒祠何處存紅邊牆外老軍屯白楊
鸛雀啼朝日赤水鼉鼉吼夜魂血淚抛殘
城北角蛾眉望斷海東門寒衣萬里心常
在傳信傳疑莫細論

日暮觀音嶺

日暮萬松黑蕭蕭行客稀巖阿殘葉舞樹杪野禽飛秋色已如許壯遊今始歸前途看杳忽取火向山扉

小茄園二首有序

余讀書室南有隙地數弓插短籬種茄百苗遂以顏是居陶於斯咏於斯意固不必在茄也

爲儆西窗對晚霞紅蕉翠竹兩交加無心
自檢南華讀滿院風開茄子花
豆棚瓜架綠雲屯硯席移來別有村獨坐
秋陰閒覓句一鈎新月挂柴門

村晚

莽莽榛蕪地油油禾黍鄉黄雲低古塞白
日下危粱得食山禽悅迎賓野老忙殷勤
防儉歲藁秸惜餘糧

焌匠

丹竈徒聞擬學仙何如土銼擁書眠黃粱夢醒陽回谷墨突塵飛甕吐煙襆被依人新火地時方就傅茹古香師春風坐我雪花天黑甜鄉裏饒安樂携炭紛紛肯受憐

新年竹枝詞

憲書

須來歲首遍家家秋菊春桃總未差最是

一年書月令東風開不到梅花

拜年帖

紅箋二寸寫無訛撾户三朝車馬過一樣

參差粘壁上貧家偏少富家多

應門童

年來五尺製新裳心事牽縈爆竹忙答應

一聲門外去拜年帖子倒黏牆

請春酒

雪白燈紅敞綺筵相逢一例話新年酣呼
未罷今宵酒又有人邀第二天

風箏

糊紗刳竹剪刀全一線單微戲紫煙拍手
多人齊仰首果然平地上青天

茹丕堂明府玉關放還遊幕瀋陽將

歸會稽三首

迢迢明月下寒潭色相空靈清氣涵却記

鳴琴風特煦棠花滿縣種江南
塞上看羊幾載還東風冉冉出榆關夕陽
莫謂黃昏近山外看山更有山
南北東西馬足閒脱遺簪笏一身閒放臣
自喜風塵老繡嶺花開又入關

寄尚鐵峯

東風又破一籬春三月魚書寄未真鐵嶺
雲深迷白雁松江天遠失青蘋寧教缺信

踈良友不可無詩到故人幾度看花樓上
月夢中把酒笑梅皴

店樓短歌

下山矮屋上山樓北山雲遮南山頭我上
雲頭看明月樓高月小山風秋

德立亭置硯蘭若造訪題壁

槐角陰陰塔影圓羨君高寄近神仙蒼苔
滿院無人掃鶴破茶煙飛上天

雨後過慈西橋

雨中成濶别雨過更尋君螢火青黏草苔痕綠上門情多詩漸瘦客久語難温日暮愁無極他鄉酒一尊

家大人遠役伊犁送之途中拜别後

追賦

忍涕默無語勉强扶登車蒼髮去遼道枯樹號寒烏宛轉屬兒輩奮發光門閭晨昏

侍北堂多病藥物需萬里在眼底趦趄豈
丈夫倉皇數語别催促靳斯須客路黯黄
塵一僕兩馬俱大雪哭不住我面無完膚
父身未出塞兒夢已前驅茫茫北風寒月
照沙模糊

贈翟二有序

翟二義州人傭役余家十餘年大
人適謫伊犁余緣事不克從弟又

幼不能勝翟慷慨以身許義之且

壯其言追賦

患難説隨去死生惟我任莫啼兒女態休

感别離心關塞行行雁家書字字金青雲

更相勗萬里早飛音

西上雜詠

觀音嶺

殘雪半山積春風三月嚴斷雲穿樹窟破

廟壓峯尖馬到中陂渴車行兩麓淹路人
多禮佛笑我獨遙瞻

大孤山

突兀蒼茫裏遲遲到馬前萬迴盤黑磴四
面裏青天日落峯頭小風吹鬐影圓嵯峨
向西數孰可與齊肩

小孤山

馬首人家近危峯矗一拳陡撐平地起不

與眾山連鴉亂浮屠影松圍落日煙知公有奇氣特立咏蒼然

葉赫城

還來問舊城稼穡不知兵水帶孤村迴風兼野馬鳴高山餘破壘半塔矗荒營遲日鄉三老呼牛隴上行

開原

平原沙捲地面水一城開古戍龍泉府荒

烟花露臺空餘千户在誰斬萬奴來興廢
茫無際斜陽畫角哀

鐵嶺

當門横鐵嶺古郡號銀州市小人烟雜天
荒草木秋廢城丁字泊殘壁李家樓祇有
柴河水年年繞縣流

巨流河

河水日南走茫茫難問程直穿蒙兀塞斜

繞蓋蘇城雪浪彌天達烟波隔日明幾回
鷥叵測風穩一帆輕

醫無閭山

蒼莽趨東北巍峩冠太虛補天三字在觀
海一亭餘岱嶽分佳氣風雲蓄異書登臨
渾未遂走馬拓塵裾

大淩河

兩岸黄沙坼中流白浪虛挂帆動天地回

首失郊墟舟楫常多滯蟶蝦慣積居由來慚染指風利不思魚

杏山

立馬萬重山荒荒大野開北吞獅子口西障海門關風色兼沙白燒痕入草斑塞垣龍戰久破堠有無間

背陰鋪

兩峯開一逕樹影落街濃入店雲隨馬銜

盔山到胸紅看樓上日翠擁屋旁松此地
高吟久潭深欲起龍

盧龍

一水條分野永平漆河上流經遷安下流經樂亭三山滿入
城府城內有三山荒臺孤鳥下落日斷雲橫見說
田疇賣空傳李廣名只今關內地草沒射
雕營

灤河

不見亾公子，西山拜石頻（謂夷齊廟）。何來一溪水，猶送百年春。碧浪翻斜日，青潭照古人。濯纓無限意，愁渡海陽津。

陶然亭讌集孫虞山孝廉白宜菴明府王竹町明經即席作

亦復陶然坐翠微，那知錙銖寸心違。酒中眞意皆兄弟，世上浮雲孰是非。一寺晚鐘催宿鳥，幾行高柳挂斜暉。興酣不忍便歸

去醉折殘花待月歸

感懷

明月下簷端秋風生枕角良夜不成寐素心此濯濯輾轉平生歡歡時殊未覺日暮車馬煩綈袍憐贈握而何路旁子無端肆剝啄愁歎雜沓來獨醒還獨濁捲幔望天河我欲飲一勺

旅夜

月浸一簾水霜凝滿樹花故衾還耐冷久
客已忘家白髮親應健青雲志久賒擁書
成獨寐歸夢警啼鴉

邯鄲姬行

長安市上車飛塵長安肆中酒如銀一椀
百錢先取直黑貂公子不辭貧座中十五
邯鄲妓翠羽明珠墜兩耳嬌羞疑是初見
人自言妾亦良家子家在石樓西復西高

覺大宅青雲齊阿父逹交尤好武千里百
里避馬驍絲管紛紛日宴客虎靴虬帶皆
叔伯小時慣從簾後窺王人執杯墮瑤席
蘭膏未炧酒未闌萬馬騰波黑壓天官兵
勦賊賊過境髑髏遍地風捲煙舉家消息
向何卜惟有長兄是骨肉長兄游手無如
何賣妾十歲錢無多大塊豚肩一瓢酒浪
蕩自去無何有一面琵琶未能執秋娘日

日教演習三日不慣十日羞一曲學成暗
自泣前日出門伺東家東家娘子顏如花
十二髻鬟挽長袖堂前笑試趙州茶乍見
渾如舊識面瓊樓深深幾曾見旁人說是
平陽倡多金嫁與阿大郎妾聞此言涕如
雨嗚呼是矣是此女曾在吾父筵前舞座
中多客頭不舉人事轉眼異甘苦門外雪
滿梅花隝慘不飲酒各相覿

途次

前村積雪白向夕炊煙生日色凝華樹飛鳥倦且鳴驅車古道旁柴門欵棘荆主人解迎客壺酒還自傾既醉不成寐淡月西窗明

小茹園雜興六首

良禽在高樹對語時關關携朋坐其下片雲南山還來去人無心動靜物自閒浩然

春已暮窗前綠不刪
南阿自荷鉏禾高草亦長落日滿林皐晩
風吹圃場除莠務去根良苗戒鹵莽倚石
鏡流泉顧盼一忻賞
炊煙屋上白風吹化作雲苔痕牆下青鳥
跡觀成文人生一俯仰物態變紛紜栖情
慕懷葛濳志遊典墳
少年采三秀同心遺所思臭味欲常好聚

散無定時坐我緣窗下風雨愁鳴雞菜根
亦有香彈鋏者何爲
踈踈天上星淡淡池中水濟魚静夜瀾明
珠在波底照見素人心上下億萬里纖雲
隔不住大風吹不起
努力謝塵坱隨意成田園聖賢異農圃城
市有山村讀書面土壁飲酒盛瓦盆雨後
一畦煙月色凉到門

冬夜

北風半夜雪五更何處鐘曉月一鈎白寒鴉飛上松

贈武東樵

青藍相許在丁年不負吾家老硯田東樵從學

家太圃叔提足行空難受勒無心結網亦臨淵

賈生負氣君方少杜老多愁我亦偏笑看梅花問春信幾分人事幾分天

沙河駋

西去盧龍塞荒荒盡白沙村氓足林果城郭少人家水漫平原濶風高落日斜旗亭一杯酒百感浩無涯

早行

晨起疎星白林烟破早鴉寺高迎日上村遠抱山斜田婦飯農出牧童驅犢犨車中還小睡殘夢不離家

繆棋澥山居十咏

春草堂

山人背郭居綠縟平如掌虛堂納遠天一碧暗書幌

松花閣

小閣扃寒烟婆娑動山麓明月天末來影散一窗綠

靜觀廬

萬物皆有得兀坐道在是烱烱對夜燈淡然鏡止水

藏雲亭

朝隨白雲出暮隨白雲還白雲本無心高人相與閒

夢鶴軒

幽人無凡侶往來多飛仙欹枕偶一睡羽衣來蹁躚

掬波廊

屋小只容月池小不盈把溶溶月一丸照滿廻廊下

養恬齋

吾道愜真蘊人生貴息機水澄明月在風定落花稀

寄菴

一身寄百年百年寄天地天地寄一身乃

得寄所寄

天光雲影山房

白雲動碧霄影落閒潭裏道人此徘徊坐聽飛鳥語

涵碧池

天光低在水菭草靜深翠微風不起瀾照人多古意

讀太白詩

黃鶴何年去青蓮萬古開斯人能不死此
外盡凡才風月花間酒金銀海上臺至今
鴨綠水猶似醱新醅

讀少陵詩

大地江河走秋風戰伐頻悲哀餘野老忠
愛許孤身每飯君臣義他鄉弟妹親由來
多至性憔悴老黃塵

山行

山行七里餘溪水抱山緣上流人洗耳下
流人濯足馬首吹東風隔嶺聽伐木下馬
坐山石芳草卧黄犢

聽葛存一説龍潭山

客説龍潭奇不與他山等渾水照人黑神
樹翳天挺山果落秋風寺僧薦佳茗更有
南天門壁立與天竝風雲護其上紅日破
崖烱鳥道通銀河精氣吞溟涬我家此山

旁未造此山頂感言動壯遊兀兀笑自窘十里問沙路一水泛野艇道阻心先馳獨立秋煙迴

北村見雁作

蒼茫煙水兩三家風起黃昏一雁斜萬里鄉書何日到荒涼孤月照蘆花

宿北村

落日黯村隝土銼生寒煙牛羊喧隘巷禾

麻低短檐丈人邀我住情緒多纏綿欵欵問穀價匆匆出酒錢亞旅俱來親雜坐譁燈前醉飽忘賓主橫肘直當筵乃喜村俗古城市多周旋坐沉北窗月推枕顛倒眠

和德立亭見寄原韻

西風鴻雁到昨日别離人詩酒餘前話江湖賸此身市交多白眼吾道結青蘋回首俱春夢高天悵遠神

次武東樵春郊韻

不出東郊久閑居忘是非春深桃欲綻雪盡韭初肥寒暖任相間交游都覺稀惠風啼好鳥相對話真機

松花石硯歌

長白山下一泓水流出松花幾萬里松花江上一片石劃取長白千古碧石紋覼縷松紋鮮青花片片凝寒煙聖人人情以爲

田此硯得之不記年何必龍之鱗何必鳳
之味何必琳之腴何必玉之綬何必太公
符黄帝紐李氏爲鄰唐人友古硯不下百
十類瓦礫同功良玉碎斧柯山暮銅臺荒
烺烺此硯出松江生不必附毛潁傳五色
絲綸侍染翰貴不願封即墨侯歲寒守此
足千秋池上清泉落松影松閒明月一圭
冷何年更見松化人山色蒼蒼江水深

李氏東樓小酌奉贈

三面雲巒抱小樓去城五里便清幽野禽啼樹儼如話亂水穿花不斷流梅福入山成大隐李氏除尉不樂出仕魯連蹈海笑諸侯眼看市井滄桑盡即此移家有遠謀

西屯早起四首

早起向空山白雲隨我來風吹白雲去下山獨徘徊紅日上高柳落花鋪荒苔迴飈

蕩衿袖懷抱吹不開
我欲此山住茲來携酒杯不遇陶彭澤共
醉將與誰山花當筵落野鳥出林啼坐待
明月圓青山無老時
煙火動西麓農家早啟扉青草放牛去豆
田秋雨肥茲歲卜大稔父老共忘機酌我
今日酒不知昨日非
前溪有人語煙深不見人行到煙深處蓊

麥花如銀皂帽倚松下青韈立水濱家人正早炊小住懽良辰

雜詩五首

清風忽無端飄灑落庭葉棖觸平生心中夜起彈鋏萬里有遠懷目斷大刀月孫鴻倦且飛八月天山雪那能久鬱鬱奈此芳時歇

今年航海上明年踰崆峒今日封五利昨

日拜少翁神仙乃速死侈蕩以致窮不念
布衣起提劒豐沛中冒險赴鴻門垂涕歌
大風
山膏但解罵鸜鵒亦能言致令禰正平文
采不庇身放遠本天性豈無劉伯倫偶作
酒德頌裸體不出門諸君自取辱出入來
吾褌
我生未有官愛賦歸田吟我性不識曲愛

對無弦琴陶然悦真性鏗爾有遠心往不希前古來不計後今清風籬下菊紅日壺中春

登高望遠古大野悲風鳴風雅久衰謝空此踟躕情六代多僞體三唐少正聲古意必高蹈碧海鯨魚鏗蟋蟀草頭吟亦各遂其生

彌望

白日江流接遠天紫臺秋色下寒煙魚龍
戲水雲容黯鵰鶚盤空風力騫不信漁樵
終溷迹可能雞犬共登仙此身未老心猶
壯彌望千秋一灑然

江樓騁望

樓外山横山外天斜陽一片下寒煙鐘聲
不辨江南寺明月蘆花滿釣船

江雨

寒堂交亂葦八月雨連綿水鳥立釣磯瑟縮屈一拳我欲弄舟去江樹迷寒煙舟子呼不應吹火蘆花邊

贈人

飄泊天涯老大身蕭蕭短髮走黃塵三年秪辨窮途哭一飯誰憐國士貧塞上秋陰沉鼓角城頭夜氣暗金銀古今多少英雄淚灑向風前不向人

送許丙軒

忠厚論交久蕭條感別初北風吹大雪落日照荒廬真味心期遠高情淡泊餘此行殊草草眼底便離居

王生駿卿遊泮

四載燈窗足起予泮池水暖照青衿願爲名下無虚士要讀人間未見書歸愚句拔劍酒酣真磊落織簾心苦負居諸東風已喜

看花早更待槐黃八月初

贈葛香遠次存一韻

松雪圖中第幾仙偶來城市已經年飼龍我早留丹竈枕石君還對碧泉兩院春風忘物態一家明月證心傳過庭不負聞詩禮抱朴由來有性天

清明

果然天氣是清明最好東郊試馬行紅日

一鞭遥指處江流殘雪抱荒城

早發

雞唱曙光閃日出炊煙高登車出店門四野風蕭蕭塞草寒猶短馬蹄熱更驕行役苦不厭路入青山遥早飯向何處樹陰酒帘招山花一半開小憩足遊遨

威遠邊門

南北諸峯會此門東來紫氣射朝暾風雲

開闔黄龍府沙草荒涼葉赫屯三省川原歸雨戒六邊形勝欲全吞摇鞭笑我從容過帶得青山夕照痕

開原道中

碧草紅沙金線河摇鞭西去又如何分明十五年來路送客青山馬上多

途中遇雨

雨打河流一片聲馬蹄還踏亂莎行田夫

穩坐山牕下笑與鄰翁話早耕

日暮汎河

客路青山日色昏汎河河波定水猶渾前途寄宿知何處風雨孫燈扣店門

大淩河

碧油車子雨青驟廿里平沙安穩過小睡未醒人喚渡一帆風雨大淩河

行路曲

芳草紅塵大隄路鞭絲帽影逐朝暮送盡
行人無限情短亭樹接長亭樹樹樹垂楊
綰暮鴉燕姬勸酒彈琵琶旗亭唱罷黃河
曲江館飛殘紅杏花花落花開各無語客
裏年華度幾許錦字閨中雁一行青山馬
上雲千縷雲山極目蒼茫多風雨孤舟談
笑過人事飄蓬類若此世途險巇將如何
關山渺渺望不斷海水一杯城一綫五里

墩臺十里營數家村落千家縣行行莫唱行路難客子高歌意正酣回首家山渺何處清風吹夢上雲端

重過背陰鋪二首

下馬高樓覓舊踪少年奇氣自盤胸石能踞險儼成虎松可穿雲欲化龍美酒喜同名士酌好山如與故人逢爲敲新句貂重續特上門前第一峯

滄海横流又幾程馬蹄到此最關情數家村落茆檐短一簇樓臺石齒平山抱重重煙氣合水流曲曲夕陽明舊時好鳥同鳴處破壁全飛憶不清

深夜雨晴話澍堂

擊柝高樓夜氣清虛堂寂寂話新晴捲簾天碧月初滿隔樹燈紅鐘乍鳴流水浮雲看世事澹花疎柳嬲詩情病身自覺秋來

香餘詩鈔

早斗轉天河挂鳳城

曉行車中

晨氣逼人冷登車初日紅遠山先見雪老樹不生風身事悲歌裏光陰浪迹中幾多期許在壯歲又書空

甯遠題壁二首

踏遍西來雪關門路正賒孤煙生遠樹落日滿荒沙酒力微寒破鄉心百感加一州

如斗大隨意且停車

州荒如斗大市小背城斜且佳難尋友訪王松亭不果遄歸不憶家空裝搖劍影孤枕落燈花慣作秋風客書生味自嘉

懷友

家在渾河第幾灣著書終歲掩柴關松花鶴夢時相憶此老胸中別有山繆棋澥

陶然亭子倒清罇僧眼紅塵日已昏一雁

飛來尚陽堡六年腸斷海東門 孫虞山
對客搔頭眼獨青闌珊一醉倒千瓶興狂
不作尋常語讀破人間山海經 李子厚
看遍東風十里花書生從此縣爲家也憐
燕市同袍者雪影蕭蕭卧冷霞 白宜莽
遼海亭邊鶴未歸堂前燕子又飛飛半生
謀食家無定獨抱殘編對落暉 王竹町
小西門外訪西橋尊酒論文屢見招記得

吟成紅豆句櫻桃滿樹綠雲燒 慈西橋
北風吹上看花樓煙月茫茫萬古愁我有
相思何處寄半窗雪影夢銀州 尚鐵峯
經說金剛妙有因西牕燈火聽來頻果然
紅杏緣君放探取東方第一春 金鑾坡戊辰讀書藩陽書院院中枯杏兩株是春忽然燦發君是科鄉舉辛未成進士
海上何人識五峯青天要我共騎龍詩書
焚後原多誤 君歲試緣經文誤被學使嚴訶 莫把微莛擊

大鐘 郃五峯
也向南宮試大廷科名無味是明經可憐
一種新翻曲唱與時人總不聽 王松亭
戲馬燕臺弄寶刀壯年意氣盛吾曹揮金
豈必如黄土范叔身邊有故袍 陳允如
褒鄂弓刀也自殊結交四海半丈儒笑他
空有風騷體人不粗豪不丈夫 于香國
榜名不許問孫山海上扁舟亦自閒何必

成功方告退煙波生計足人閒　孫樂軒

少年踔厲輕科第滿地江湖說不平揮手向人杯酒別一鞭雲影去孤城　于雋超

依人莫漫悲王粲好客誰能似孔融把酒登樓思往事高歌銅斗落花風　閻澍堂

不爲窮愁便廢書風流儒雅近何如春明走馬看花去笑我秋風策蹇驢　德立亭

竹樵爲余課子割屋旁斗室置硯顏

日亦廬賦詩奉贈

小院深深静絶譁日光融雪照窗紗墻東居士墻西住詩酒琴書共一家

重過江亭

閲盡繁華二十年江山一覽莽無邊斜陽帶鳥馳平地漁火連星雜遠天人事疾如東去水物情涼似晚來煙西風樓上重回首四野桑麻想樂田

管公屯懷古

遼海亭邊日欲昏亂烏啞啞飛山屯嗟我懷人越千載管公高誼今猶存憶昔中原龍虎戰浮家早去朱虚縣世人傳説避黄巾我謂已識將軍篡不然割席華子魚如何偏在揮金初早知漢運不可挽諸葛還當卧艸廬木榻坐穿五十載皂帽逍遥浮大海朋輩紛紛共讀書千古清名幾人在

治世能臣亂世雄功名直與鼠竊同大兒小兒何爲者如公乃不愧人龍我欲走馬訪遺迹小樓草没苔痕碧茫茫四野吹清風漢魏以來代幾易

竹樵病起

病後還勞汝家貧爲課兒晨昏陪杜酒（每飯與老母共酌數杯）風雪點毛詩不佛清齋慣忘言靜坐宜素心同印可寒燠一燈知

江干卜者孫君索題

買酒輸君賣卜錢棲遲板屋且隨緣空江月落三更雪遠樹雲生破曉煙一笑窮通皆過客片時聚散亦關天垂簾紅日悠悠下人在羲皇甲子年

歸寓 時置硯普濟菴

紫霧紅樓賣酒家笙歌月上六街斜歸來緩步松壇下滿院涼風動藕花

普濟菴古柏行

菴前古柏何代有一幹扶疎撐北斗剪銅爲葉石爲根片片青花大如手左蟠右屈上拏雲俯視塵凡傲蒲柳夜半鐘聲殿角鳴疑是老龍風雨吼雪霜不變歲寒心千古大材難爲偶我來坐此大樹下六月涼風生户牖清陰灑地一局碁古意飲人百壺酒高僧閒話石壇秋平地雷聲天上走

讀書作字於其旁吐氣如虹鬼神守樹木
樹人不具論有材如此足不朽

過楊木林

落葉紛紛楊木林出邊風景便蕭森河穿
古道荒沙漫雲鎖高峯夕照沉尚有僕夫
堪共話又歸故里負初心冷煙拂面如輕
雪獨把新詩馬上吟

題袁太史子才詩集二首

中唐才調晚唐名千古詩人最有情愛讀
國風緣好色廣交朝貴豈希榮一時名下
雲茗讓趙雲松推子才第一茗生第二雲松第三此老胸中山
水清自得隨園高卧後緣雲紅雪鳳鸞鳴
清氣浮浮涵太虛自然著物自然餘萬花
過眼春歸後一笛當樓月上初絶麗不殊
吳祭酒精嚴肯讓沈尚書老年㬚放中年
好長慶元和總不如

右沈香餘先生詩原本皆廿年
稿竄改塗乙重複舛譌隨在多
有名曰茄園詩鈔歲丙辰先生
從孫憶涵海樓憶華潤亭暨從
曾孫崇綬組軒奉遺草屬小瀘
與咸多祿竹山相爲校訂小瀘於

先生為三世從孫壻仍山為先生世家子雖故崇睞然事國鄉先生之著作而又重以賢裔之請誼且表章前哲亦後生之責誼何敢辭遜往返商榷刪繁除複訂譌去冗擇其尤者得一

百三十七篇皆淬精瀝液字字可存閱明年丁巳八月校畢付刊因茹園取義稍狭為定名曰香餘詩鈔從實也刊成以山為之序小瀛為之傳以紀之匪云弇陋知不足以傳先生然先生

之英詞真氣固自有不可磨者在也宋小濂跋

豫章沈鈞平夫子著並註

吉林紀事詩

門下士延昌謹題

宣統辛亥
夏六月穀
旦金陵湯
明林排印

提要

《吉林紀事詩》四卷，沈兆禔撰。沈兆禔，字鈞平，清末民初浙江仁和（今屬杭州）人。曾任江蘇甘泉、東台知縣。清宣統二年（一九一〇）來到吉林，任吉林兵備道，任考功兼執法科二等科員。後離職去南京。此書共四卷十類，詩二〇六首。卷一紀發祥、巡幸、天文、輿地、歲時；卷二、卷三紀職官；卷四紀人物、金石、物産、雜俎。既可爲紀實詩，也可作爲志書讀。有較高的史料價値和濃鬱的地方特色。内容豐富，特色鮮明。成書於一九一〇年至一九一一年。有宣統三年（一九一一）鉛印本，藏東北師大圖書館。又有《長白叢書》整理本。

爲盡可能保存古籍底本原貌，本書做影印出版，因此，書中個别特定歷史背景下的作者觀點及表述内容，不代表編者的學術觀點和編纂原則。

吉林紀事詩目錄

豫章沈兆禔鈞平氏著並註　男世廉康校勘

於簡端以醒眉目

聚珍書局印

書

鈞平仁兄大人惠詧宦轍分馳未通縞紵　聲華藉甚
艮企　瓊瑤頃奉　札書並　大著吉林紀事詩二册
都成四卷區分十類載展玲帙如排珠字成就家言自
標馨逸瑰耀發於川嶽涵茹富於淵藪暉籠萬有鈞鑄
六義匪特潤色鴻業雕琢爯辭此則樊籬斥鷃睇大鵬
之擘霄渤澥凡鱗詫神龍之燭漢也即或導源瑤峽接
軫瓊塗摹茲風景語盡雷同露橋擫笛霜驛聞鐘馬蹬
往來與野鷗以共泊芒屩登陟呼嶺蝯而為羣蹋蘚尋
煙煎茶調水蒓鄉鱸美桃漲鱖肥搴香逕曲望吳苑之

錦帆響屧廊空憶越溪之羅襪擊盞奏其妍詞刻燭傳其雅集商榷衆製何關品藻憑虛造意遑云寄託其弊一也迺若憔悴失偶哀樂無端鐙前説劒感彥昇之言座上擊壺發處仲之歎殊庾信之羈旅愴搖落於江關異陶潛之隱居憫喪亂於井里摛詞雖雅無病而呻其弊二也至若隄邊楊柳臺上蘼蕪碧玉紀年黃金買夜吳坊小妓湓浦故倡映欄角之移影墮簾尾之釵痕暈紺露而衣香壓綠雲而帽側樊川白袷因杜娘而紀恨昌谷青袍對公孫而隕涕雖擅綺思奚當閎旨其弊三也吾　兄才高八詠業盛千秋山川能説湖海胥延當

十八而足了豈一行而遂廢吳質作吏惟事歌歗郎基在官但知寫書條舉件繫殫見洽聞何願船之北徼彙編愧斯麗則稽廷璋之西域圖詠遜此博綜其善一也

粤若

龍興舊宇蠻觸邊圉勢逼連鷄持同穴鼠是以握金鍼之祕預除準上之懸疣清玉牀之璧難假卧旁之鼾睡吾 兄智燭幾先言者無罪郡國利病川陸塞阨政令興革圖經損益酌古準今造詞遣志此則宏農帳底非助中郎之談吐渾牀頭定有子昇之集其善二也持律固嚴緦理罔紊气挾牛弩巧儷鴛機自出杼柚盡屬琳瑯趙家

之遺事徵存厲樊榭獨標宗派元室之藝文太略錢竹汀自闢霝衿吾　兄摭射奧諜竺精緹素韻頏前哲若驂靳焉啟櫝示樸伐澤得珠淇更生荷戈之集僅賦牢愁吳兆騫秋笳之唫不參故實其善三也延其遠矚邀茲奇懷屏除三弊淹積眾善約文敷旨綜意完密誠辭林之創製藝苑之別裁也弟僵迴洽靈禁類寒蟬覆後世之醬瓿賸即時之酒栝驚人有句文采久欽謝朓使君不凡品題彌愧鍾嶸未盡覼縷罔罄導揚即承　著祺不宣　辛亥季夏六月上浣恩施樊增祥雲門甫頓首拜復

吉林全省疆域職官簡明一覽表

地名沿革

吉林省 謹案吉林爲我朝龍興地於三代爲肅愼歷漢魏唐宋爲元菟爲勿吉爲渤海女眞遼爲涑通賓湖渤勝和祥甯江長春等州率賓黃龍等府長白輝發博羅滿達勒烏舍鐵驪靺鞨五國伯哩等部及安定國金爲海蘭率賓呼爾哈咸平等路肇州隆州泰州元爲開元咸平碩達勒達等路及合蘭府均跨有全省明季

方位里數

京東二千三百一十里奉天東八百里北極高四十三度四十七分距順天北緯三度五十二分偏順天東經一十二度零二十七分距英國格林威治測驗所世界中線東經一百二十七度三十二分

設治年月

光緒三十三年三月

總督 欽差大臣陸軍部尚書銜都察院都御史會辦鹽政大臣總督東三省兼管三省將軍事務管奉天巡撫事秩正二品駐奉天省城養廉銀三萬兩公費銀六萬兩光緒三十三年裁將軍改設

巡撫 欽命陸軍部侍郎銜都察院副都御史會辦鹽政大臣銜兼副都統

初年爲訥兒干都司領衛所一百餘後分東半爲野人建州等衛西半爲海西衛之葉赫輝發烏拉等部皆郡國雜建之制國初則極諸東海威隸版圖幅員爲最廣咸豐八年與俄定愛琿之約劃烏蘇里江爲界沿海數千里遂非我有十一年劃界定北京之約暫以圖們江口爲界又讓地數千里以今之疆界言東界烏蘇里江與俄之東海濱省鄰西界威遠堡邊門迤西卽奉天之開原縣境南界圖們江爲朝鮮

銜巡撫吉林等處地方秩從二品駐吉林省城養廉銀一萬五千兩公費銀三萬六千兩光緒三十三年裁將軍改設

民政司 吉林民政使司民政使秩從二品駐省城養廉銀八千兩公費銀一萬四千四百兩光緒三十三年四月奏設

交涉司 吉林交涉使司交涉使秩正三品駐省城養廉銀六千兩公費銀一萬二千兩光緒三十三年四月奏設

提法司 吉林提法使司提法使秩

北咸鏡道北界以松花江爲吉江兩省之限東南至長嶺子界牌舊爲金之率賓路西南劃自長白山之老龍岡與奉天之長白海龍二府接壤東北至烏蘇里混同兩江口鄰俄之阿穆爾省西北接奉天之昌圖洮南二府即內蒙古哲里木盟東西廣二千四百里南北袤一千八百里光緒三十三年春改建行省以來歷次升政析併截至宣統二年冬計府十一直隸州一直隸廳同知一撫民同知一分防同知二撫

正三品駐省城養廉銀六千兩公費銀一萬二千兩光緒三十二年奏設又三十三年四月奏設各級審判檢察等廳廳丞廳長以下各官迄今尙未設齊又有管獄官一

提學司 吉林提學使司提學使秩正三品養廉銀四千兩公費銀一萬二千兩光緒三十二年奏設

度支司 吉林度支使司度支使秩從三品駐省城養廉銀六千兩公費銀二萬四千兩光緒三十

民通判一州一設治州一綏設州一縣十三設治縣五綏設縣二分防一州同一分防府經歷一分防巡檢三分防主簿一分巡轄於西南西北東南東北四路道此外尚有府經歷兼司獄兼司獄四巡檢兼司獄十二吏目一典史一教授三教諭三訓導六提法司管獄官一度支司管庫官一

西南路巡道駐長春轄兩府一直隸州一州七縣

京東二千零七十里省西二百四十里距北極高四十三度四十六分距吉林南緯一分距順天北緯三度五十一分偏吉林

三年四月奏設有管庫官一

勸業道吉林勸業道秩正四品駐省城養廉銀三千兩公費銀九千六百兩光緒三十三年裁吉林分巡吉阿伯道兼按察使銜缺奏請改設

西南路道分巡吉林西南路兵備道兼管長春關稅加參領銜秩正四品養廉銀三千兩公費銀一萬二千兩光緒

	吉林府原名永吉州以理事同知升改東界敦化西界雙陽南界樺甸北界舒蘭	濛江州由吉林之濛江分設治珠子河北岸濛江口東界奉天之撫松西界奉天之輝南通化南界奉天之臨江北界樺甸
西經一度四十九分偏順天東經八度三十八分距英國格林威治測驗所世界中線一百二十五度四十三分	省城	省西南三百六十里
三十三年設長春道宣統元年奏改今名二年春經部覆准	知府秩從四品餘倣此光緒八年	知州秩從五品餘倣此光緒三十三年

磐石縣以磨盤山得名治永安屯東界濛江西界伊通南界樺甸及奉天之海龍北界吉林長春	省西南三百五十里	知縣秩正七品餘做此 光緒二十八年
樺甸縣本名樺皮甸子原勘縣治在樺樹林現移駐官街係析吉林磐石敦化縣地添設東界敦化及奉天之安圖西界磐石南界延吉北界吉林及長春	省東南二百七十里	知縣 光緒三十四年
舒蘭縣由吉林之舒蘭站分設東界五常西界磐石南界吉林北界德惠	省北一百一十里	設治委員 宣統元年
雙陽縣由吉林之雙陽河分設東	省西二百里	知縣 宣統二年

聚珍書局印

界吉林西界伊通南界磐石北界吉林		
伊通直隸州 以伊通河得名光緒八年由分防巡檢升州宣統元年升直隸州又州西迤北九十五里赫爾蘇邊門設有分防州同計州境東界磐石西界蒙古郭爾羅斯前旂南界奉天之西豐北界長春	省西南二百八十里	直隸州知州秩正五品餘倣此 宣統元年 赫爾蘇分防州同 光緒二十八年
長春府 治寬城借蒙古郭爾羅斯前旂地設治由撫民通判升改東界吉林西界奉天之懷德南界伊通北界德惠	省西二百四十里	知府 光緒十五年

農安縣 由長春之農安分防照磨升改，即遼金之黃龍府治。東界榆樹，西界長嶺，南界長春新城，北界長嶺及郭爾羅斯前旗	省西北三百八十里	知縣 光緒十五年
德惠縣 治大房身，在長春北二百二十里，由長春之懷德、沐惠二鄉及夾荒地分設。東界松花江，沿西界伊通河，南界長春，北界伊通河	省西北三百六十里	知縣 宣統二年
長嶺縣 原名長嶺子，由農安及續放蒙荒地分設。又縣南新安鎮先設有分	省西五百一十里	知縣 光緒三十三年 新安鎮分防主簿 光緒三十年

防主簿計縣境東界農安西界郭爾羅斯前旗南界奉天之奉化北界新城	
西北路巡道駐哈爾濱俄暫租界及濱江廳轄四府一直隸廳一廳兩縣	**濱江廳**本雙城府地光緒三十三年設江防廳宣統元年改分防所轄傳家
京東二千八百數十里省北五百八十里距北極高四十五度五十二分距吉林北緯二度二十二分距順天北緯六度十四分偏吉林東經一十一度五分距英國格林威治測驗所世界中線一百二十八度十分	省北五百八十里
西北路道分巡吉林西北路兵備道兼管濱江關稅及商埠交涉事宜加參領銜秩正四品宣統元年設濱江道旋奏改今名二年春經部覆准	分防同知宣統元年

吉林紀事詩　卷首

甸四家子兩處地面不足十里議以雙城阿城之地至今尚未劃定東界四家子西界俄暫租界之糧台南界秦家崗鐵路旁北界松花江岸		
雙城府 本阿勒楚喀地原名雙城子光緒八年由分防巡檢升改撫民通判今由廳升府又府東一百里拉林城設有分防巡檢計府境東界賓州西界新城南界榆樹北界松花江	省北四百里	知府 宣統元年 拉林分防巡檢 光緒年間
新城府 治伯都訥雍正四年設長	省西北六十里	知府 光緒三十三年

聚珍書局印

甯縣乾隆元年裁併歸永吉州二年設州同十二年裁改巡檢二十六年裁改辦理蒙古事務主事嘉慶十五年裁改理事同知添設巡檢二員分駐伯都訥孤榆樹光緒三年廳治移駐孤榆樹八年改撫民同知今由廳升府還治伯都訥	

榆樹直隸廳 原名孤榆樹屯設有分防巡檢光緒八年改伯都訥理事同知爲撫民同知移駐於此而移分防巡檢於伯都訥光緒三十一年升改新民府	
省西北二百七十里	
同知宣統元年	

還治伯都訥而以此設榆樹縣今升直隸廳東界五常西界新城松花江長春南界吉林北界雙城		
五常府 治五常堡屬之歡喜嶺光緒八年設撫民同知並於廳南六十里設山河屯分防府經歷西九十里設彩藍橋分防巡檢計府境東界長壽西界榆樹南界舒蘭北界賓州	省東北三百六十里	知府 宣統元年 山河屯分防府經歷 光緒八年 彩藍橋分防巡檢 光緒八年
賓州府 原名葦子溝光緒八年設撫民同知今由廳升府東界方正長壽西	省東北六百零五里	知府 宣統元年

界阿城雙城南界五常北界松花江		
長壽縣由賓州燒鍋甸子分防巡檢升改東界甯安方正西界雙城阿城南界圍場五常北界賓州	省東北八百四十里	知縣 光緒二十八年
阿城縣本阿勒楚喀地金之按出虎水也俗名阿什河治紅旅屯離古白城二里東界賓州西界濱江南界雙城北界黑龍江	省東北四百四十里	知縣 宣統二年
東南路巡道原駐琿春改駐延吉轄二府兩廳四縣又原轄穆稜一縣宣統	京東三千一百二十五里省東南八百一十五里距北極高四十三度十八分距吉	**東南路道**分防吉林東南路兵備道兼管琿春延吉等處關稅邊務加參

二年八月因劃界地勢不便稟准改隸東北路	林南緯二十七分距順天北緯三度二十三分偏吉林東經二度五十八分偏順天東經一十三度五分距英國格林威治測驗所世界中線一百三十度十分	領銜秩正四品宣統元年設琿春兵備道旋改今名二年春經部覆准
延吉府 本琿春煙集岡地治局子岡光緒二十八年設延吉撫民同知今由廳升府東界汪清琿春西界敦化南界和龍及朝鮮北界汪清甯安	省東南八百一十五里	知府宣統元年
琿春廳 治琿春城管密江站以東之地東界圖們江西界延吉南界圖們江	省東南一千三百里	撫民同知宣統元年

北界東甯		
和龍縣治和龍峪由延吉南之和龍峪分防府經歷升改管圖們江越墾各地東界朝鮮之鐘城會甯等府西界奉天之安圖南界圖們江朝鮮之茂山府北界延吉	省東南八百九十五里	知縣宣統元年
汪清縣以汪清河得名治汪清河南岸之哈順站旋移治於距延吉九十里之百草溝而益以甯安南境之地東界東甯琿春西界甯安南界延吉北界甯安	省東一千零三十五里	設治委員宣統元年

甯安府 治甯古塔城由綏芬府移駐改設東界穆稜西界五常南界延吉北界依蘭	省東南八百里	知府 宣統二年
東甯廳 治三岔口以綏芬廳升府之原駐地改設東臨湖布圖河界俄國之五站西界臨安南界琿春北界額穆	省東一千一百九十五里	分防通判 宣統元年
敦化縣 即鄂多哩城又名阿克敦現建城於舊城西二里許東界延吉西界吉林南界樺甸北界額穆	省東南四百八十里	知縣 光緒八年
額穆縣 治敦化原屬之額木索羅	省東三百五十里	設治委員 宣統元年

聚珍書局印

站即我　朝始居鄂謨輝之野以額穆和湖得名係析敦化甯安五常之地增設東界甯安西界五常南界敦化北界甯安

東北路

巡道駐依蘭轄三府一廳一州五縣又緩設一州兩縣按東南東北兩路道所轄地方係就現在劃界後酌定故與輿地內按語本之從前奏案者稍有不同

京東二千三百三十五里省東北一千一百二十五里距北極高四十七度二十分距吉林南緯度四十七分距順天北緯七度二十五分偏吉林東經四度一十二分偏順天東經一十三度二十分距英國格林威治測驗所世界中線一百二十度十五分

東北路道

分巡吉林東北路兵備道辦理邊務交涉兼管依蘭等處關稅加參領銜秩正四品宣統元年設依蘭兵備道旋奏改今名二年春經部覆准

依蘭府	治三姓城國語曰依蘭喀喇依蘭三也喀喇姓也係裁都統添設東界樺川西界方正南界勃利北界松花江江北即江省湯源	省東北一千一百一十五里	知府光緒三十一年
方正縣	以方正泡得名東界依蘭西界長壽南界牡丹江北界松花江江北即江省大通	省東北九百零五里	知縣宣統元年
穆稜縣	治穆稜河由甯安之穆稜河知事升改東界東甯西界甯安勃利南界甯安北界蜜山	省東北八百零十里	知縣宣統元年

樺川縣以三姓南境之樺皮川得名初治佳木斯現稟准遷治悅來鎮即蘇蘇屯東界富錦西界依蘭南界寶清北界松花江江北即江省湯源	省東北一千四百六十五里	設治委員宣統元年
勃利縣以古勃利州得名擬治碾子河東界寶清西界甯安穆稜南界蜜山北界依蘭未設治以前暫歸依蘭府經理	省東北約一千三百餘里	緩設宣統元年奏設
蜜山府以甯古塔之蜂蜜山得名治招墾分局係析甯古塔及三姓地添設東界虎林西界穆稜南界俄國之都魯克	省東北一千二百九十里	知府光緒三十三年

即快當壁北界臨江		
臨湖縣 以興凱湖得名明有興凱衛湖之西北岸屬中國東南岸屬俄國縣治尚在綏設之列大約東界湖西界穆稜南界湖北界蜜山	省東約一千三百里	綏設 宣統元年奏設
臨江府 光緒三十一年由三姓富克錦之拉哈蘇蘇設州今升府東界綏遠西界富錦南界饒河北界松花江渡江東半爲俄阿穆爾省西半爲江省興東道治	省東北一千七百八十五里	知府 宣統元年
富錦縣 由富克錦分防巡檢升改	省東一千六百四十五里	知縣 宣統元年

東界臨江西界樺川南界寶清北界松花江江北卽江省湯源		
饒河縣以克富錦之撓力河得名治小加級河東界烏蘇里江西界寶清南界虎林北界臨江	省東一千九百四十里	設治委員宣統元年
寶清州以寶清河得名擬治望山坡東界臨江西界勃利南界蜜山饒河北界富錦樺川未設治以前蘭棒子山迤東撓力河迤北歸臨江府經理蘭棒子山迤西撓力河迤南歸蜜山府經理	省東北約一千四百餘里	緩設宣統元年奏設

虎林廳以三姓之七虎林山得名治呢嗎口以呢嗎廳分防同知改設東界烏蘇里江右岸爲俄屬西界蜜山南界蜜山北界饒河	省東一千五百九十五里	撫民同知宣統二年
綏遠州治三姓烏蘇里江之依力嘎東界耶字牌與俄分界西界臨江南界饒河北界混同江江左爲俄阿穆爾省	省東北二千零九十里	設治委員宣統元年

修史之難莫如圖表以其不可以意爲之也吉林自光緒十七年創修通志列有圖表於疆域職官之沿革亦既得其大凡矣及三十三年改行省設民官郡邑之分合改移職司之裁併增

滅因地制宜如同創始博雅君子欲繪一輿圖則礙於界址未淸不能就也欲訂一官志則礙於編制未定弗克成也舊制新章淆然莫辨俟河之清人壽幾何竊以爲地界縱未劃斷而四至可推測而知官制縱未設齊而百司可參稽而得乃不揣固陋截至庚戌之冬先成地圖付諸石印以公同好然有圖無表仍不明晰又薈萃羣書勉爲此表惟宣統紀元以上文牘不全公署政書所紀二十一屬道里按之通志及舊驛站表已多不合而新設各處更無從問津復向文報局趙刺史仙瀛乞得道里單一紙核與通志政書驛站表亦互有參差又從兵備處查有前屬民政司管理之文報局道里表並謝民政司之按屬調

查記彼此互較擇善而從數月以來略有端緒蓋吉省地方遼闊計里本未確鑿又有官道僻路之分並有看似迂迴而實便捷者如附火車輪船繞道之類故路之遠近言人人殊然文報郵置所經似覺較的乃以道里單爲主而間以各書所列參酌改定其天度内之北極高度及南北緯度東西經度除圖内照繪外亦於省城及四巡道所駐處詳列焉至其職官建置年月稽之記載參以訪聞亦十得八九彙爲簡明一表其中沿革擇要入表並散見於各詩註内本末略具仍恐不無訛漏如得海内通人隨時補正則幸甚焉宣統庚戌除夕豫章沈兆褆附記

吉林紀事詩

序

國風十五皆詩人紀事之作也列國政教雅俗正淫靡不具是獨東土邊聲不登諸籍蓋太史輶軒不及關外而書闕有間焉吉林爲肅慎古國我

朝龍興肇迹奄有蒙古入主中夏其間將才接武史乘彪炳雖不絕書而墨客騷人所至恒尠厥後秋笳入集創爲新聲然羈旅牢愁匪與斯旨榛蕪彌望於歷代之沿革民俗之變遷既無文獻足徵又乏歌謠可採觀風者奚所取乎豫章沈君再沂有感於是從公之暇寄情吟

詠輒寫胸臆凡以吉林新設省治庶政畢舉羅其掌故系諸韵言久之成帙斐然也夫世風遞嬗政俗隨時事以興替不有紀述曷風來禩譬爲吉林紀事詩若干首分別部居詳加故實類舉則情見韵協則言順既有鉤稽復資羣感然則觀是編者其於政治之念或亦油然而興耶若夫言逐聲響詞誇麗則又非所以語此

宣統二年庚戌陳昭常

序

今

上登極之次年歲在庚戌寰海鏡清方隅砥平余時權勸業道篆於鷄林　豫章沈鈞平大令袖所著吉林紀事詩草就正於余晤談間藹然有儒者氣象望而知爲循良之選覽詩及註元元本本殫見洽聞於天文地理時令風土政事民物暨一切之有關於吉省者旁搜遠紹萃於一編並考訂行政輿圖及簡明一覽表弁諸卷首旣博且精較宋詩紀事尤爲明備洵當世之有心人也吉林爲我

朝發祥地周之邠岐漢之豐沛舉莫能過惟有軍府而少
民官故風氣之開視諸省稍後光緒丁未
廷議東三省改行省置郡縣越已酉宣統紀元以迄於今
前後數載　雲津徐制軍　蒙古錫制軍相繼爲東督
甯州朱經帥　新會陳簡帥相繼爲吉撫其間因革
損益整理而擴充之者月異而歲不同進步極其迅速
明良遇合千載一時若不發爲詠歌被之金石使
皇猷官績闇焉不彰亦士大夫之羞也況地介兩強日俄協
約日韓合邦以來風潮益迫內外臣民獻策上書謀所
以自強者皇皇焉如不及亞聖有言國家閒暇及是時

明其政刑雖大國必畏之矣時哉勿可失利弊興除百端待理則此時爲最可危之時亦爲最可幸之時也事以詩存又烏可以不紀是編於國界邊防極其留意以圖們江口入海僅百餘里爲吉省東南水路咽喉本我國之領土照約章指陳形勢訂訛正誤據理實可爭回則采余昔歲所上之條陳而擷其精要其力主屯田又與余近時提議不謀而合鴻籌碩畫頌不忘規蓋詞章家考據家實經濟家也豈尋常之竹枝詞比哉大令學宗陽明以第一流人物高自期許雖嘗見賞於名賢而不諧於俗亦在於此宦江南十稔以廉幹稱所至有惠

政卒爲蜚語中傷不克竟其所學而歸之於命略無怨尤今歲春夏之交浮江渡海走幽燕入遼瀋遠游肅愼故墟以攬長白松花山川之勝而寄之於詩天殆將使之蹶而復起楚材晉用俾從諸君子後建立功業而有造於東陲歟抑使之窮愁著書俯仰今古悲歌慷慨而徒吟出塞之篇歟是未可知也然網羅舊聞敷陳新政作

陪都之掌故其詩則可以傳矣因敘其緣起以誌欣賞云爾

宣統二年仲冬月朔枝江曹廷杰序於吉林勸業道署

序

唐宋以來詩分各體江西宗派其一也近代作者往往貌襲古人而又好爲奇葩以鬭勝非諛言盈紙即飾詞連篇甚或唐突叫囂抒寫其骯髒不平之氣此作詩之兩病也其於忠厚和平之旨一唱三歎之音蕩焉無存遑問有合於古人否沈鈞平明府浙之仁和人也占籍豫章之南昌以名孝廉現宰官身囊宦吳門權甘泉東臺等邑篆所至有聲而抑鬱不得志今歲春夏間出關來吉投効予幸同舟獲親覩其爲人敦厚溫柔笑言不苟深有得於風人之旨趣而預知其必工於詩無以上

二者之病也自夏徂秋公餘之暇輒蒐討乎雞林之天時地利風土人情與夫政治上之源流沿革每有所得發爲詠歌延及數月纂成吉林紀事詩一編分爲十類類附以按語詩共一百八十餘首首各加註條分縷晰博大精深予誦其詩予益重其人詩以言志諒哉昔人謂山谷作詩用工深刻駕東坡而上之故成爲江西宗派公殆祖尚山谷而得其緒餘者歟是編也務其質以著其文舉其大不遺其細且綴以圖表攷訂精詳可作紀事詩讀亦可作省志讀適油印成爰爲綴敘槪畧以誌欽佩云

宣統二年冬十月楚北陳培龍序於吉林兵備處

吉林紀事詩　卷首

聚珍書局印

序

白雲瞹天黑水柂地灌莽無際驚沙坐飛亦嘗準析木睋不咸上溯稷愼肅愼通貢之初下攷元菟渤海置郡以後撫大榮祚勿汗河濱之域詢阿骨打拉林江上之師見夫挹婁九梯但長秋草勿吉七部一片斜陽白雁何之黃龍不見悠悠終古茫茫此愁於斯時也則欲發孟堅之幽情濲明遠之長嘯旣而溯朱果鍾祥之地披

翠華宣德之章五峯指處長白山高二水環來牡丹江濶白魚瑞湧紫鷟和鳴衆末千灣雲護雌雄之箭昆崙萬仞天

高堯舜之臺於斯時也則欲哦邰邠原巘之詩攬豐沛風雲之氣逮夫索倫舊壤羅刹相侵箕子遺封檀君匆祀十日並出五星無光鐵道霆逝金甌飈馳神明之隩魈魅晝行崢嶸之馗䖈虎昏見犬戎外逼蛾賊內侵河山一角蝸爭城郭千年鶴化於斯時也則有新亭之感伊川之嗟要之華實之毛厥爲上腴襟帶之阻所謂天府邇者

皇綍新

帝紘廓補䟽決壞枝柱邪傾域分採劉向之言風俗條朱贛之畧踵秦人耕戰之利究漢氏實邊之策文公作邑並

重工商句踐雪仇首謀生聚萬目星舉一心風行文垂日虹武埽氛霧於斯時也則疏竇儼六綱以期致理推張昭八審爲念保邦特是方郅四隅華離其黑白雜組五色糾錯其元黃聞見傑池今昔旭卉求其綀綜百禩囊括羣有關詩學之門津作史家之志乘往往水端莫測宙合難窮而 沈君鈞平吉林紀事詩出焉君手握赤珠口吞丹篆小萬卷爲號大九州能談元結能文愿之一第昌國應舉成有百篇夙擬應劉之聲出闡蒲密之化萊庭柏植潘縣藹開五十絕戚太和論民之詩三萬戶傳山陰理繁之略然呂乂之治雖首諸城而龐統

之才豈惟百里近且遠游冠好短後衣輕發軔翼軫之墟結靷尾箕之野望南雲兮渺渺犯朔雪兮霏霏咽秋風於楊柳笛中佇夜月於蓮花幕裏騁書生之筆舌參上將之韜鈐時則大旂日落萬馬無聲古木飈寒一鶚欲起盾鼻磨墨弩牙發機胸羅破陣之圖翰灑洗兵之雨出鳴梱鼓硯借須彌七層支白傅之陶瓶十手佐蘇公之筆錄得詩二百數首箋註十萬餘言臚列十門都爲一集臨淮壁壘爲之生新塞上焉支因而增色厥製斯爲盛矣其長可得言焉聞之美物者貴依其本讚事者宜據其實玉卮無當雖寶非用侈言無驗雖麗非經

甘泉玉樹青葱上林盧橘夏熟藻飾乖所昔賢譏之君則黃神授筴白阜陳圖味剖令腴藻披古豔耆虞書之任土作貢愼周易之辨物居方直使讀七月之詩如覩豳風引三閭之辭可知楚寶其可貴者一也至若落梅驄馬迢遞隴上之章低首牛羊敕勒軍中之句鐃歌朱鷺樂府黃覃大漠煙圓孤城月小川原氣凜王仲宣慷慨從戎鼓角聲悲杜子美流連出塞要皆噍殺之音多發揚之致少羈寄之情長潤色之興短君則仰矚高山之莫俯察區陬之廓識大識小知古知今語其矜貴明堂清廟之歌迹彼淵通古鏡空潭之照其可貴者二也

士夫木伯奇雖振而正詭子虛烏有文以豔而用寡君則以茂先之博兼公彥之勤孝緯之集數十萬言夷吾所知七十二代頁俗觀變薛收采之聖人飛翰騁藻華覈光乎時事而且强澀之體無取彥伯中和之氣得自景先裴子野之彌綸後進可獎白樂天之淺切老嫗能解其可貴者三也在昔烏拉文連象來易舛朱蒙抜善鴻洞難開望白狼而冰雪常塡過丹鳳而音書苦斷緣黃坤之遐阻彝罿客而寂寥吟翰無傳方聞亦略君則旁綜載籍肇述津委遊人於積玉之圃照我以記事之珠太沖之賦三都取材方志博望之槎萬里鑿空窮邊

是則罣林五言可備闞駰之記縹囊一詠卽註桑欽之經方將混沌高歌太史下採其可貴者四也備茲數善已傾一時傳之四方自堪千古蓋馬太皇之色墮其毫端水晶火玉之光燭於腕下百三郡國次崔光之詩十萬甲兵知范老之腹際此五京荊棘已没銅駝兩戒風煙難關鐵牡范滂有澄清之志程駿體申厚之旨必不離下斟謨觴上佐揆席借片玉碎金之質贊熙天耀日之勳豈僅君苗焚硯於陸機司隸命車於張載已哉瀛寰豹有心雕龍無技屬承誣諉爰伸喤引愧乏皇甫之名竊附子安之後佩直當夫迷谷糧幸有以餽貧昔日

論文我已虚鳳閣舍八之樣遠方倍價君定重鷄林宰相之金

宣統二年歲在上章閹茂辜月穀旦滇南張瀛序於吉林府署

序

國風雅頌其體則興賦比其事則列國之政教風俗誠以爲詩之道以能移易風俗爲貴實不僅抒寫性情已也是故少陵篇什後世多稱道之吉林爲

國朝龍興重地昔之

聖德武功今之外交內政不有佳篇曷昭來葉然而寄興牢騷無關大計即如秋笳之驚才絕豔究亦何補於時豫章沈君鈞平達斯旨也故其所爲之詩必詳其故實以抒其讜論且復星羅棋布以圖繫之經直緯橫以表列之用能紹

盛世之元音創詩家之奇格蓋是詩也言體則詩言事則史

蘭亭絶唱固儼然三百篇之遺音也是豈小碎篇章所

可同年而語哉夫文獻者古今得失之林也興衰之原

强弱之故舉繫於斯謀已者以之定保守之方謀人者

以之籌進取之策

國家大計關係匪輕況吉省處俄日之間國界邊防最爲

緊要文獻尤不可闕耶故吾於是詩不嘉其言辭清麗

而嘉其提要鈎元不嘉其音調鏗鏘而嘉其銜華佩實

彼世之能詩者葢亦多矣或則模山範水或則弄月吟

風非不俊逸清新膾炙人口然而兒女情多風雲氣少

積習相靡國遂不振昔之齊梁陳隋比比然矣是則僅知爲詩而不知爲有用之詩之過也是亦烏足貴哉風雲變幻頃刻萬千放眼神州潮流日急而吉林一隅尤首當其衝當世名公鉅卿未必無有爲之志先見之明而時勢艱難無從着手遂致籌邊料敵厥願難償惜是時無以賈生治安之策進者是詩詳記一邦文獻舊制新猷分門臚列任舉一端皆足以臻上理采其屯田之法則可以謀生聚用其實業之譚則可以興工藝欲要害之爭囘也則約章之辨誤綦詳欲邊隅之鞏固也則兵力以加厚爲急天地人物至大且賾薈萃菁華博而

能約讀者既省鈎稽之煩益興政治之想倘能貫而通之則舊日因循之習必能一洗而空由是而推及鄰省由是而推及內地各行省固我邊圉奠我邦基固將以是詩爲左券也然則是詩之作又烏可以已耶嗚呼以君之才之識若有能用之者必能坐言起行博我以王道宏我以漢京而乃屈於百里不克竟其設施甚或排而去之而生平經濟僅僅見之於是詩嗚呼是固君之不幸要亦不僅君之不幸也雖然古人有三不朽太上立德其次立功其次立言是詩也立德耶立功耶吾不得而知之而立言則庶幾矣由此以前君德弗彰君功

弗顯由此以後君名必傳且大府愛才必能爭相羅致將見邑驥騰驤蹶而復起又烏知其功德之不果立耶是亦足以豪矣吾與君同舟塞上爲忘年交物我無間已欽其爲人體用兼該更佩其所學故雖蕪陋不文而於是編也不能不輟數語以誌景仰世有知君者或不河漢斯言

宣統二年十有一月長至日黃陂劉國禎謹序於吉林兵備處

序

紀事之詩有韻之記也騷人詞客每爲之自有詩以來直至於今殆以都會之巍煥古蹟之留遺山嶽之雄奇江河之遷徙以及一邱一壑一園一林一市一村一樓一剎一境之風月一地之煙花一晨一夕之文酒談讌絲竹流連之既細且微靡不譜爲篇什發之吟咏以寫其悲歡慨慕感於中而不能自已於言者果有補於天地幾何哉而後之人讀之猶俛仰想像幾不啻置身於其間初未意今有沈子鈞平吉林紀事詩之偉作也吉林爲

國朝發祥地內參奉黑外邇日俄人稀而物饒山衆而林密天然美富寰宇幾區

朝廷特改行省置督撫以治之謀何深慮何遠哉僕囊書杖劍兩賦東征撰著無才負玆聞見獲睹鉅製奚殊掬吾心而納吾腹攝吾言而入吾耳耶紀事詩云乎哉直志乘耳援筆作序則吾豈敢中懷所觸欲闕不能爰書數語爲天下後世讀是書者正告曰是書也莫作紀事之詩觀可名爲吉林有韻之志乘

宣統三年二月七日嘉應蕭亮飛雪蕉甫書於金陵僦寓之江聲帆影樓

吉林紀事詩自序

自古君臣契合朝野感孚本貫通中外之才成震鑠古今之業者固由其遇爲之也然其中亦有機焉方其機之未至也則以富（謂文成公）景銘之興墾設官長忠靖守其規遠將軍伸其旨初未竟其措施及其機之既至也則以徐錫趙之通籌併計朱撫軍慮其始陳中丞觀其成卒以達其目的觀於吉林通塞之機則此紀事之詩殆亦隨機而動者乎

國語烏拉吉林四字連文烏拉謂江吉林謂沿其僅曰吉林者從漢文而省也其別作鷄林者以聲音略同也博

考唐書載鷄林賈人之事奇搜吉志傳鷄林哈達之名珍重佳篇詩同金易流連風景語定珠穿意其黑水騷人富有白山詩卷顧秋河在望未吟神鵲之篇春水從游徒奏天鵞之曲爾音金玉疇覩琳瑯惟我

皇朝聿傳

御製

聖祖翠華三莅首煥天章

高宗鑾輅四巡旁徵土俗舞名喜起歌作明良

主聖臣賢勿可及已嗣後秋笳僅見卷阿無聞殆因禁地相仍

吟壇不屑文人學士入關多仕都門游宦寓賢過境視

同傳含報章偶載或誇詞寫竹枝文集無徵大概板虛
梨棗夫輶軒問俗二南備詠睢麟太史陳風七月不忘
蟋蟀在此
發祥之地甯無紀實之章溯自朱果鍾
靈輯繞電流虹之瑞黃圖翊
運拓降原與宅之規由是干戈戚揚
武功競盛典章制度
文化覃敷
世祖克成厥勳
列聖能纘其緒蓋三省皆

邦畿根本自異尋常而一方實
王迹肇基尤關緊要洎乎光緒丁未
德宗采議特頒改省之綸次冬戊申今
上登基重垂立憲之訓三邊之因革損益頻年之籌畫經營
不有賡歌將忘原委禔半生落拓萬里閒關近自江南
遠游塞外辨尾箕之天度封疆軼過於營州覽遼瀋之
地圖國界特嚴於吉省單單大嶺而太皇蓋馬長白異
其稱蕩蕩三江而松花鴨綠圖門別其派
應天娩丹陵華渚三姓早識
聖人

胥宇同部室家居五國共扶
眞主
專征而秉旄仗鉞
時巡則繩武詒謀他如楛矢石砮貢物上稽肅愼華路藍縷
肇邦爰及建州其間遼府金京元路明衛必識部分國別
始明碁布星羅而且漁獵人民進爲農商時代仿荆楚
歲時之記存金源風俗之遺官制更新宦途並列邊防
軍政內政外交庶績紛陳百端待理則總其成者公署
而奉其令者有司置民政司以重地方而行政用人禁
煙設警均屬範圍建交涉司以聯邦國而分疆鋪軌開

埠通商皆其職掌至司法獨立而檢察審判等廳隸於提法使教育宏開則普通專門諸學轄於提學司度支司以理財則租賦稅捐官俸軍需無勿舉勸業道之富國而農商工賈森林礦冶罔不修有東西南北以分巡有府廳州縣以專司而守土負其責任有旂務蒙務以辦事有陸軍防軍以成鎮而練兵馴致精强略别部居藉覘經濟若夫建功立業遼金汗馬之臣附翼攀鱗豐沛從

龍之彥羣英輩出總括方宜其女眞之金碣元碑渤海之銅章寶鑑物希爲貴器舊新珍至於珠蚌金貂珍禽貴獸野

蔓巖木山繭江魚以及花果穀蔬昆蟲鱗介水晶火玉寶石玻璃金錫銀鏐鉛銅硝炭棉絲所織皮革所縫柳草所編樹麻所績冶工陶工之美木器漆器之良約舉二三例推千百事無可附聞或稍遲學臨安之紀遺取西陽之雜俎殿諸卷末竊比志餘目列十門都為一集得詩二百數首加註十餘萬言事欲其詳陋管中之窺豹詞非誇賁等博士之買驢加之準鳥道以成圖開方計里倣龍門而列表紀月編年測繪初成調查略備所期賡續庶可完全尤冀宏通補其罅漏嗟乎介兩強之疆場固圉即以銷萌撫七部之山河圖存莫如求治易

曰知機其神乎未雨綢繆履霜戒懼亦在當軸者之審機而已易然有感於齊言待時乘勢盛哉特規夫蕭選蹈德詠仁作嗃矢之邊聲望扶輪於大雅仰虎視非常之概雲峯高踞

陪都誦鷄鳴不已之詩風雨欽遲君子

宣統三年歲在辛亥夏四月穀旦豫章沈兆禔鈞平氏

自序於吉林兵備處

題詞

虎踞龍蟠比沛豐白山佳氣鬱葱龍降原陟巘基王跡
欲上高臺溯大風
三百年來建軍府韜戈同作太平民一從運會遷流極
人物衣冠次第新
文武聲名爍九邊綢繆未雨中興年諮詢盡入輶軒錄
揚扢新成錦繡篇
風月平章競逞才何如椽筆絕纖埃大東締造資藍本
志乘他年定取裁　辛亥季春
釣平仁兄屬題即正　弟吳燾

題吉林紀事詩次友八韻

聖武當年誰作紀楚騷孤淚更何言千秋荒遠龍沙塞四壁寒凝犢鼻褌好句江山同入夢出關民物幾憑軒東隅往事稍能說（曩時編輯延吉邊務報告書其山川歷史交涉等類亦頗費攷訂）何日相尋雪夜門

右題詩一首客冬所作自慚不工故久未錄出日昨見紀事詩續印本題詞已多又承 寄語索題特撿舊稿寫呈求 教乞轉致 令兄可改則改之如不可用棄之可也此上

叔美道長兄 弟制王國琛謹呈

題吉林紀事詩集

出塞新聲別宮徵摎羅掌故萬千言憂時便擬鯨鯢海
入世終慙蝨處褌儘有異聞成雜俎欲將韻事補輶軒
鷄林書賈如相問爭叩空山夜雨門　奉題

吉林紀事詩　張天驥

我邦肇牿實始吉林歷祀三百距固閉深所主惟軍遂
以軍治亦有民官同通理事光緒初葉漸置府縣攷獻
徵文書缺有間惟十七年奏修通志爲目十三頗無扃
義自時厥後外患如焚甲午庚子迄於甲辰亟圖拯危
乃建行省增官設治興教布警以妥疆鄰以夷伏莽以
苑軍實以蓄民養治革萬端令或數易幾二十年而無

載籍沈君南來于役督練考功執法在職有宴摎討
國聞旰衡時政憂其不續託諸謠詠凡兩閱月凡成絕
句二百又四首各爲註註輒翔覈十萬餘言曰紀事詩
厥功勤焉皝皝先哲杜吳詩史此其傳諸敢告司梓

宣統二年十月保靖瞿方梅題於吉林法政學堂

昔人每苦遼東謫今日輕作吉林客漂泊蓬梗此天涯
拚寫江山入簡冊文人大病在好奇金母木公藥不醫
畢竟古來奇勝境半歸英雄半入詩旣濟史才登仕版
熟治兵刑隻手綰將老不忘政學心穹邊更開輿圖眼
酒酣研地怕高歌磊落奇材抑塞多西堂竹枝譜海外

神京舊迹委岩阿傳人不苟爲述作興到筆落深寄託空言那如實事徵風土人情絕崖略我愧徒作汗漫遊古今事變逝水流君詩典核我浪語悔煞掌故疎搜求

宣統庚戌季冬　江陵鄧裕釐拜題

一官一集客題襟文獻無徵感渭深選韻重煩家令筆分門猶是鄭樵心（書凡四卷分十門）輿圖掌上螺文細（坿最新輿圖）聲律行間鳳德愔縝密溫良詩替史貢廷何必白山琛

秋笳詩句柳邊文（吳兆騫有秋笳集楊賓有柳邊紀畧）何似吾宗迴軼羣爲拾明玕投絕徼方看搖筆動風雲（輿地門圖們江一詩於中俄界務大有關係）良知貫徹能通俗（君宗陽明學）道統危微系屬君價重鷄林他日事一

宦塵土負多聞　奉題

鈞平宗兄吉林紀事詩卽希　吟政　南雅弟宗琦

佺期曠世挺英聲賸馥殘膏萬衆傾留取篇章光玉塞
抵將方略上金城鷄蟲得失空千古鷸蚌河山弔五京
吟罷披襟望長白寒飆萬木一雕橫

白雲如幄海如環歲暮滄江客未還劍氣一庭雪生幕
角聲幾處月滿關布衣仗策公卿側斗酒題詩天地間
特乞休文遊好贈鷄林求市擬香山

庚戌仲冬楚黃張濟川題於孟晉齋

古今掌故儘搜羅子建才眞八斗多三百年來開樸陋

鷄林韻事此先河
五色花從筆底開天留時會待君來他年
國史徵文獻典重應推著作才
年愚弟傅鍾濤拜題

龍興遥想當年迹虎視難消近日憂荆棘刺空餘落照烽煙欲
靜苦防秋不無家國添悲感幸有文章助遠猷典重材
堪修史乘襟懷千古意悠悠
程途遠走八千里掌故近徵三百年華國文章傳信史
等身著作有新篇河山變色悲今古金石溢聲入管絃
筆下龍蛇忠義氣屈原心事寫江邊

黃陂劉國禎拜題

休文聲價孟堅才事事關心到草萊歷徧吉林版圖地
蒐羅一例入詩來
足蹟頻煩眼界寬十門筆底蔚奇觀要知不是閒吟詠
試當今朝志乘看
長白山頭左右望十年間事幾滄桑可憐無數憂時淚
都化珠璣貯錦囊
肥魚濁酒記當時數醉松花江上卮萬種牢愁銷不盡

鷄林紀事復題詞　嘉應蕭亮飛拜題

海天望無際一別動經年慨慷從戎日蒼涼出塞篇山

依長白起江與牡丹連外患風潮迫陳詩當策邊

去年消夏節爲我緝詩詞還覽江南會知從塞上師家庭談別緒客路問歸期大漠鴻飛遠傳書到恐遲

鈞平大弟隔別有年去春重晤於江南屬其爲余編緝倚梅閣詩詞付梓今秋挈兒女由毘陵赴江南覽勸業會則弟已赴吉林矣僅與弟夫人陶錦裳妹及姪輩暢談別緒今寄題此詩爲之愴然

宣統庚戌冬月適瞿韻蘭姊淑英作於常州之十子街本宅

頻年投筆事戎軒鄉律誰吹黍谷温豈有詩名同白傅

拚將幽怨託黄門鶴歸難認江雲影鴻踏空留塞雪痕
萬里遼天來復往實邊猶望徙民屯
宣統二年春重作關外之游于役吉林督練兵備處次
夏得家電乞假暫旋則女兒文英已於前一歲五月朔
逝世丙子陶錦裳又於今年四月三日病歿外孫吴蟾
桂生五年矣八極聰穎亦於是月二十九日夭亡骨肉
凋零百感交集因金陵排印吉林紀事詩竣自題一律
寄意不復計詞之工拙也　辛亥季夏鈞平氏自題於
江南湘軍公所
攬勝遼天海溯自昔山河戎龍蟠虎踞帝王眞宅雲氣

如蓋剩片颿影落斜陽外水流碧峯橫黛晚漁樵從頭
說古今興廢安在　同是宦游人飄零又東向榆塞勝
迹不堪尋頓風景初改最無聊杜老詩史平生已儘多
傷心載與子把尊酒一聲歌慷慨　調寄塞垣春奉題
鈞平仁兄吉林紀事詩
辛亥二月既望嘉定徐鼎康倚聲

灞上迷漫風雪路驢背朝朝也合詩翁去長白距天曾
幾許登高到此誰能賦　拌買貂裘歸計誤五十弦聲
翻得驚人句衹惜塞鴻飛不度春來消息無尋處
惠賜尊箸傾佩無既敬題鵲踏枝一詞奉報　雅誼尚

祈 正譜爲荷之至

鈞平先生道鑒 辛亥上元前五日弟周家樹倚聲

畫角聲聲裂祗不勝許多清怨助他嗚咽春到遼陽無尋處未抵江關蕭瑟應笑我等閒頭白一樣青青邊塞柳甚無情也帶傷心色風露冷藐姑射 寒煙點點眞王宅賸漁樵從容說起幾番今昔有酒難澆千古恨暗憶頭城五國又聞道長安似奕三百餘年多少事付哀時杜老生花筆思冒頓習鳴鏑 調寄金縷曲奉題

鈞平先生吉林紀事詩 辛亥二月旣望長沙易象天嘯初稿

獨客怨春暮俛仰問遼西遼西千歲孤鶴爭道不如歸
迴首興王第宅依約故八子弟城郭是耶非周室忽東
邁禾黍正離離　六州鐵伊梁石甘渭氏於今已成大
錯來日故應悲忍付城南詩客贏得幾番吟嘯淚眼弔
斜暉卻笑賈生策何似伯鸞噫　調寄水調歌頭奉題
鈞平先生詞長大集並希　正拍　潙山胡熙壽
褰裳遼水便闗懷塞上風雲恢詭誰念沛豐舊日龍興
鄉里鐵騎嘶邊聲起　先生笑把金徽理七字長城總
是傷心史陳事儘多歷歷從頭省記五國城千年矣
調寄河傳奉題

鈞平鄉台先生大集　　鄉晚鍾銘勳倚聲

渺空煙鶴飛萬里遼天瞰蒼茫大東風景何人寫入吟箋牡丹江松花秀接長白部衆末雄環王氣先鍾霸圖休問龍興八物邁金源稽土物金貂珠蚌林礦其天然輿圖按島連庫頁嶺括興安　經幾番歐風亞雨而今方覺時艱課耕桑徐收地利置郡縣徧設民官銳進新猷促行憲政實邊長策在防邊舉獵火蒐苗獮狩講武憶當年悲涼調秋笳遙和塞外弦翻　調寄多麗辛亥仲春鈞平氏自填於吉林戎幕

吉林紀事詩卷一

豫章沈兆禔鈞平氏著並註　男世廉康校勘

發祥

謹案長白山在吉林烏拉城東南橫亘千餘里東至甯古塔西至奉天府諸山皆發脈於此山之東有布庫哩山山下有池曰布勒瑚哩天女感神鵲銜朱果置衣之異取而呑之遂有身誕　始祖於此及定三姓之亂爲貝勒居於鄂多哩城建國曰滿洲在甯古塔城西南三百三十里卽今之敦化縣數傳至　肇祖計誘先世讐人四十餘人於蘇克素護河呼蘭哈達誅其

牛以復讐越四傳至　太祖時已遷居赫圖阿拉
地（即奉天之興京）以　顯祖遺甲十三副起兵征尼堪外蘭
復　景祖　顯祖之讐萬歷十年明人執以
畀我其後完顏等部首先歸順凡東海國之渥集部等
路長白山之鴨綠江路扈倫國之哈達輝發葉赫烏拉
四部以次削平綜計我　朝開國武功在東三省者凡
百四十有四吉林得十七焉可謂盛矣

繞電流虹曠代無浴池天女果吞朱啇家元鳥周人迹
聖世禎祥先後符

望風三姓早推尊建國初居阿克敦

王迹肇基今試溯世同陟巘降原論

阿克敦卽鄂多哩城爲今之敦化縣

部居粟末依長白江順松花到牡丹東土山川扶景運遼金未許作齊觀

北魏靺鞨七部粟末部南抵太白依粟末水以居粟末之東曰白山部案松花江舊名粟末水今之敦化縣卽鄂多哩城又松花江發源於白山之北金名宋瓦元名混同明爲松花皆一水而異名元史瑚爾哈河並入混同江我朝始居之鄂多哩城在勒富善河西岸瑚爾哈上流卽今之牡丹江前代契丹興於滿洲之西戈壁之南女眞崛起於圖門江流域然未能混一區宇則山川之靈秀固應專屬之聖淸矣

呼蘭哈達復先讐天錫興王智勇秋遺甲十三平勁敵更欽祖武裕孫謀

通志呼蘭哈達在琿春城東南五十里

聖主威棱及海東扈倫四部漫稱雄天戈十七鷄林指合詠文
王伐密崇

以上發祥參考開國方略御批通鑑滿洲源流考吉林通志

巡幸

謹案我　朝啟宇實始吉林且圍場在吉奉間故秋獮
之時仰邀　臨幸　聖祖翠華三莅
高宗鸞輅四臨眷念舊邦形諸歌詠於民風土俗采入
天章洵盛典也敬以紀之參考通志　御
製詩集

賡歌喜起與明良秋獮重開射獵場
二聖翠華曾七莅金源舊俗入
天章
以上巡幸參考通志御製詩集

天文

謹案天文分野本於周官保章氏而漢書因之然分星惟隸九州而不及九州以外如析木爲燕分而并以元菟樂浪屬之已覺荒遠難憑況元菟東北數千里之地又豈析木所能盡故通志存而不論僅以日出等類著於篇然舊説既有分野當尾箕析木之次一説姑紀之

以備一格節錄通志

顯微遠鏡仰空窺分野占星辨尾箕日出寅賓時校早

上稽羲仲宅嵎夷

吉林太陽出入時刻大抵春分後六日視京師出漸早入漸遲此晝之所以長於京師也秋分後六日視京師出漸遲入漸早此晝之所以短於京師也以上天文

節錄吉林外紀

輿地

謹案吉林虞爲息愼夏商周爲肅愼亦曰稷愼前漢西南爲元菟郡後漢東北爲挹婁東南爲北沃沮西南爲高句驪三姓東北爲豆莫婁隋南爲白山粟末北爲伯咄安車骨東爲拂揑號室東北爲黑水竄說莫曳皆虞

婁越喜鐵利靺鞨地唐初曾設勃利州黑水府西及西北爲高麗後爲渤海涑州東爲上京及率賓東南爲南京東北爲東平府西南爲中京西北爲扶餘府極東北爲黑水靺鞨遼爲涑州北爲東京之甯江州西爲率賓府西北爲東京之通州賓州龍州黃龍府湖州渤州勝州河州祥州上京之長春州南爲長白山部西南爲輝發部及安定國東爲博羅滿達勒部東北爲女眞烏舍鐵驪靺鞨等部極東北爲五國伯哩部金南爲上京海蘭路東南爲率賓路東北爲呼爾哈路北爲肇州會甯府西北爲隆州及東京之泰州西爲東京咸平路屬縣

元爲開元路西爲咸平路混同江兩岸爲合蘭府碩達勒達等路明初年爲納兒干都司領衛所一百餘其後南爲長白山三部西爲葉赫部西南爲輝發部北爲烏拉部東南爲瓦爾喀部東及東北爲窩及呼爾哈等部西及北初爲三萬衛後入蒙古科爾沁部此歷代沿革之大略也我　朝初列爲禁地故設民官最少今之吉林府固雍正年間所稱爲永吉州者也久之設吉林及伯都訥理事同知長春理事通判所傳爲老三廳者是及同治六七年間將軍銘安奏設吉林分巡道兼按察使司銜吉林由理事同知升爲伯府都訥長春之同知

通判亦均改理事爲撫民又設賓州五常撫民同知雙城撫民通判於阿克敦城設敦化縣統歸吉林道承轉民官之設視前有加地方亦漸闢矣光緒十四年將軍長順奏請升長春爲府升農安分防照磨爲縣二十八年奏設綏芬延吉兩撫民同知長壽磐石兩縣三十一年將軍達桂奏設哈爾濱關道設江防同知以屬之設依蘭府設大通湯源兩縣升伯都訥撫民同知爲新城府由孤榆樹移治新城而以孤榆樹地設榆樹縣三十三年　詔設行省改將軍爲巡撫中丞爲朱公家寶三十四年會同東三省總督徐公世昌奏設長春兵

備道並添設蜜山府臨江濛江兩州樺甸長嶺兩縣是年朱公調皖撫今中丞陳公昭常接任乃大加整理於宣統元二年間會同總督錫良疊次奏請將各地方或因仍或添改轄於先後設立之分巡兵備兼交涉之四關道以長春道爲西南路道駐長春所轄吉林府治省城即同治八年所升改凡濛江州磐石樺甸舒蘭雙陽等縣皆析吉林府地分設者也長春府治寬城係開放鄂爾羅斯公前旂地光緒十五年由長春撫民通判升改凡農安長嶺德惠等縣皆析長春府地分設者也伊通直隸州係原放伊通河圍荒地由伊通州升改此西

南路之三府一直隸州七縣也以哈爾濱道爲西北路道駐哈爾濱所轄濱江廳治傅家甸由江防廳改設雙城府治雙城子由雙城撫民通判升改新城府治新城三十一年由伯都訥撫民同知移駐升改榆樹直隸廳治孤榆樹由榆樹縣升改五常府治五常堡由五常堡撫民同知升改賓州府治葦子溝由賓州直隸廳升改阿城縣治阿什河由阿勒楚喀地增設長壽縣由賓州府屬螞蜒河分防巡檢原駐地升改此西北路之四府一直隸廳一廳兩縣也東南路道駐琿春旋改延吉所轄甯安府治甯古塔城由三岔河之綏芬廳同知移駐

升改新易今名者也東甯撫民通判治三岔口在塔城東境由東甯廳分防通判改設穆稜縣在塔城東北由穆稜河分防知事升改延吉府治局子岡本琿春煙集岡地由延吉廳撫民同知升改而另設琿春撫民同知治密江站以東之地和龍縣由和龍分防經歴改設敦化縣治阿克敦城於同治八年設立額穆縣治額木索站係析敦化及甯安五常之地添設又於延吉以北汪清河南岸置汪清縣而以甯安府南境之地以附益之此東南路之二府兩廳五縣也東北路道駐依蘭所轄依蘭府治三姓城光緒三十一年由三姓地添設兹於

其南境樺皮川置樺川縣東境古勃利州地置勃利縣
大通縣向置江北已劃歸黑龍江省今移置於江之南
岸方正泡曰方正縣而益以附近之賓州地蜜山府以
蜂蜜山得名係甯古塔及三姓地光緒三十四年添設
茲又於東北饒河之南置饒河縣其北寶清河之西置
寶清州虎林廳撫民同知治蜜山府屬之七虎林由呢
嗎廳分防同知改設臨江府亦三姓地東界烏蘇里江
由臨江州升改其西境之富錦縣由富克錦分防巡檢
升改其東境之綏遠州由烏蘇里附近地方增設此東
北路之三府二廳一州五縣也至五站所設之大通縣

湯旺河所設之湯源縣以地連黑龍江省先後劃歸該省原議設蜜山府東南臨興凱湖之臨湖縣以人煙稀少未設均不列以上各地方除勃利寶清尙在緩設之列外均已實行建置此外之應隨時添設者猶未可限此又近日添改之情形也今紀其原委於此而以山川城池屬部等類附及焉參考通志邸抄官報

元菟句驪北沃沮挹婁建國接夫餘石砮楛矢周時貢肅愼先徵孔氏書

吉林全境虞爲息愼夏商至周爲肅愼一曰稷愼郝氏懿行謂聲轉字通實一國也國語孔子曰昔武王克商肅愼氏貢楛矢石砮其長尺有咫漢武帝置元菟郡屬以高句麗上殷台西蓋馬三縣　大淸發祥之地乃漢上殷台西蓋馬二縣地即今吉林府敦化縣一帶之地高句麗縣爲今伊通州磐石縣並奉天海龍廳之

地漢武帝滅朝鮮以沃沮地置元菟郡後以沃沮爲縣至光武罷都尉封其渠帥爲沃沮侯有東北二沃沮北沃沮今琿春全境地漢又置樂浪郡則今之延吉府地漢書東夷傳挹婁在夫餘東北千餘里東濱大海南與北沃沮接今賓州五常兩府及甯古塔東北一帶地晉書四夷傳夫餘在元菟北千里西接鮮卑國中有古濊城本濊貊之地也今新城府榆樹廳長春府農安縣長嶺縣雙城府等地

勿吉疆連豆莫婁魏書一一溯源流高麗渤海相衰盛分向隋唐列傳求

北史勿吉國在高句麗北一曰靺鞨去洛陽五千里其部有七一粟末部今吉林府地一伯咄部今新城府及榆樹廳安車骨部今五常府阿勒楚喀地拂涅部今甯古塔地號室部今甯古塔以東三姓以南地黑水部今三姓東北及富克錦左右地白山部今敦化縣延吉府及琿春西境魏書豆莫婁國在勿吉國北千里舊北扶餘也在室韋之東東至於海方二千里今三姓東北一帶地隋至唐開元以前爲靺鞨及高麗北境開元後爲渤海之上京中京南京扶餘府東平府率賓府及黑水靺鞨地又高麗者出自扶餘之別種隋唐時其地北至靺鞨是已越扶餘而北直拓至今之郭爾羅斯唐時從其西部進兵先攻夫餘南蘇夫餘今農安縣南蘇今伊通州唐滅高麗而渤海以興滿洲源流考大祚榮所都在長白山東北大欽茂又東徙三百里直忽汗河之東今甯古塔呼爾汗河也所置五京十五府

六十二州多在今吉林烏拉甯古塔及朝鮮地其王城卽上京龍泉府實爲挹婁故壤今爲甯古塔地舊唐書所謂在營州之東二千里者是也大榮祚所居勿汗州卽長白山之奧婁河境今爲敦化縣地其上京之南則爲率賓府卽今之綏芬府東北至呼爾哈一千一百里卽今之三姓城西南至海蘭卽今之延吉府之海蘭河遼滅渤海以其地置率賓府卽今之吉林府伊通州以及綏芬府地率賓府之建州卽今之敦化縣地其東京之通州賓州湖州渤州祥州卽今之長春府境其上京之長春州東南境卽今之農安縣地其東京之甯江州卽今之伯都訥廳境其東丹國卽今之甯古塔地

遼府金京元各路制兼郡國闢荒榛建州亦列前明衛崛起東方有
聖人

遼滅渤海後卽率賓故地設率賓府其地處遼代疆域之極東境域亦最廣金之建置仿於遼設五京復增一京爲六分十九路滿洲共設九路元以滿洲爲遼東行中書省置其治於今之遼陽州分轄各路以吉林省之東南部爲海蘭府碩達勒達路元一統志自南京而南曰海蘭府又南曰雙城在綏芬河側直抵於高麗之王京明於今之黑龍江吉林二省置衛三百八十四所二十四吉林府初爲窩音楚蘇完河等衛後爲烏拉部伊通州初爲塔山雅哈河等衛後爲輝發葉赫等

部敦化縣初爲建州農額勒赫什赫河等衛後爲窩集部之赫席赫路肇祖初興亦曾受建州之職長春府及農安縣初爲三萬衛後屬蒙古科爾沁部新城府及榆樹廳初爲三萬衛後爲三岔河衛終屬烏拉部賓州府爲費克圖岳希阿實等衛五常府爲摩琳衛雙城府初爲拉林河衛後爲烏拉部境甯古塔初爲訥兒干都司及雙城薩嚇塞珠倫興凱湖等衛後爲窩集部之佛訥和托克索甯古塔穆稜等路呼爾哈部之那堪泰路三姓初爲薩里屯河等衛後爲窩集部之烏爾固辰路呼爾哈部之喀爾喀木等十屯諾羅錫喇忻晉達輝塔庫喇喇等路琿春延吉府初爲率賓江穆霞河等衛及喀爾岱所後爲窩集部之瑚葉綏芬雅蘭錫琳等路瓦爾喀部之斐優城呼爾哈部之札庫塔城庫爾喀部

廣開郡縣設民官衝要非徒繁庶觀滿漢已融文武界要從根本策通盤

宣統元年督撫會奏添改民官疏邊省與內地情形不同內省重在治民固以民戶之繁庶爲準邊地重在守土應以地方之衝要爲衡兩語最爲扼要

山名果勒敏珊延音共阿林國語詮虎踞龍蟠爭啟運五峯圍繞百泉旋

國語果勒敏長也珊延白也阿林山也長白山頂五峰圍繞有池曰闥門山之四周百泉奔注入興京門爲　啓運山即長嶺

龍形起伏象非凡

天作高山古不咸放海至青爲泰嶽東來紫氣貫秦函

長白山古名不咸　聖祖御製文論其龍形起伏渡海結爲泰山闢舊說自函谷而盡泰山之謬說理極爲精確

鴨綠圖門派別雙窮源更有混同江四千里路迴環繞

萬古長流控海邦

水從長白山發源西南流入海者爲鴨綠江東南流入海者爲圖門江北流入海者爲混同江即松花江汪洋浩瀚環繞四千餘里按通志載水道源流頗詳惜卷册繁多未能悉錄

興凱平湖似洞庭珠流璇折想淵渟兩旁農業中漁業

任作鷗鄉與鷺汀

興凱湖在蜜山府東南龍王廟地對岸即俄界周八百里與洞庭湖埒而冬夏不涸常年洋溢蓋來源之遠大雖不及洞庭而出口細微比洞庭尤有含蓄也產魚極富三四月冰解浮游水面至觸汽船之輪天氣和藹萬物發生比三姓約早半月兩岸旁猶有耕隴舊迹俄人於彼岸之農業及中流之航業漁業皆極意經營惜我國在該處之人煙寥落未能共其利也

國初設廠傍江沿曾
命章京代造船敗板鏽釘穿井得追思明季督工年

船廠今省治順治十八年 命昂邦章京設廠代造船隻以備伐羅剎之用然前此穿井輒得敗板鏽釘柳邊紀略云即前明永樂間之船廠

山映夕陽分五色水流明月蕩重光門前即是西湖景
船廠天然辟暑鄉

省城南向不設柵以江岸爲城山水明秀大似江浙風景於消夏爲宜

綏芬城郭亦臨江石壁松楓拱舊邦紅杏白梨花掩映

鯿肥時聽賣魚腔

綏芬治甯古塔城現改爲甯安府者也南門臨江西門外三里許有石壁高數千仞名鷄林哈達古木蒼松横生倒插白梨紅杏掩映參差端午芍藥盛開秋間楓樹經霜丹林射日江魚肥美有形似縮項鯿名發祿滿人尤喜食之

咫尺輿圖測繪明花封重訂十三城櫛風沐雨尋常事

難得東陲地學精

節錄蜜山府魁大守福劃分東北東南新設各缺界址詳文謹勘得過牡丹江行五十里靠山屯村南有東西横岡一道俗名長蟲洞東至江岸西至洙淇河寬約二十餘里恰好作爲東西横界再緣洙淇河斜向西北六十里抵松花江東至府五十餘里西至縣一百三十餘里恰好作爲南北縱界將此迤東一段劃歸府屬餘三面均依舊界此重劃方正縣之界址也再東依蘭府以三姓爲治城東與樺川以霍倫溝爲界距府一百三十里曲折而東南經過七八虎力河至孤頂子山北止距府三百里此爲該府東界正南與勃利以鷄心河爲界距府二百二十里正西與方正以洙淇河爲界距府五十餘里西南至牡丹江東岸鍋盔山距府三百里北面枕臨松花江左岸爲江省湯原縣界此依蘭府之界址也至勃利縣寶清州既經　奏設有案頃雖原札未經叙及亦宜預爲劃出以爲異日設治張本

勃利縣治城約設碾子河南東面與寶清以孤頂子爲界南面與蜜山以老嶺分水爲界西南與甯安穆稜以龍爪溝上源分水爲界北面與依蘭以鷄心子河爲界竊擬未設治以前全境歸依蘭府經理寶清州治城約設望山坡子東北與臨江以七星河爲界東南與饒河以雙枒子爲界正南與蜜山以老嶺分水爲界正西與勃利以孤頂子爲界正北東半與富錦以七星河爲界西半與樺川以七星磖子山爲界竊擬未設治以前自蘭棒子山迤東撓力河迤北歸臨江府經理蘭棒山迤西撓力河迤南統係蜜山已放之荒現下正在清丈應歸蜜山經理此勃利寶清兩屬之界址也樺川縣舊以佳木斯爲治城現經稟請改遷蘇蘇屯卽悅來鎮東面與富錦以瓦力霍吞爲界距縣一百二十里正南包有七星磖子山約三百里與寶清州以倭肯河源爲界正西與依蘭以霍倫溝爲界距縣七十里北阻松花江過江爲江省湯源縣治此樺川縣之界址也富錦縣以富克錦爲治城東南臨江府以古必札拉爲界距縣五十里南與寶清州以七星河爲界距縣一百六十里西與樺川以瓦力霍吞爲界距縣一百五十里北依松花江江北亦湯源縣界此富錦縣之界址也臨江府以拉哈蘇蘇爲治城東與綏遠以得勒氣爲界距府一百里東南與饒河以撓力河爲界距府二百里西與富錦以古必札拉爲界距府一百一十里西南與寶清以七星河爲界距府一百七十里北以松花江爲界渡江東半爲俄阿穆爾省西半爲江省興東道治此臨江府之界址也綏遠州以依力嘎爲治城東至耶字牌與俄分界距城一百一十里南與饒河縣以撓力河爲界距州二百里西與臨江以得勒氣爲界距州三百里北瀕混同江江左爲俄阿爾穆省此綏遠州之界址也饒河縣以小加級河爲治城北依撓力河

東至烏蘇里江七十里東南與虎林以外奇勒泌爲界距縣一百七十里西南與虎林廳以老嶺分水爲界距縣一百五十里正西與寶清州以雙枒子爲界距縣三百里正北與臨江府以撓力河爲界此饒河縣之界址也虎林廳以呢嗎口爲治城東臨烏蘇里江右岸爲俄屬南以小黑河爲界距廳二百五十里正西與蜜山以大小穆稜河流處爲界距廳二百里北與饒河以老嶺分水爲界俟員丞到任後仍須會同履勘彼此承認方爲一定蜜山府以招墾分局爲治城東至虎林廳界一百二十里南至俄界都嚕克郎快當別六十里西至穆稜縣界之青溝嶺二百五十里北至老嶺分水一百二十里此蜜山府之界址也以上十一城係知府會同各印官履行勘劃應列一圖但穆稜縣前此 奏案雖歸東南路道管轄現經電請改歸東北路道自應附於東北路圖内界限方清案該縣係以穆稜河知事改設治城即在穆稜河東與東甯廳以細鱗河爲界距縣一百一十里東北與蜜山以青溝嶺爲界距縣一百五十里南與甯安府以穆稜窩集分水爲界距縣一百五十里正西與甯安府以老邊爲界距縣九十里西北與勃利縣以龍爪溝上源分水爲界距縣一百八十里此穆稜縣之界址也東甯廳係以綏芬廳改設治城仍在三岔口東臨瑚佈圖河天然國界南與琿春以紅旂河源劃分仍依舊界西與甯安以穆稜集分水爲界距廳二百里西北與穆稜以細鱗河爲界距廳二百里此東甯廳之界址也以上二城係谷委員正巖會同各屬委員周行勘劃應列一圖伏查此役歷時已逾三月行程將及五千所劃各界或親履其地或詳詢土人悉心審度形勢務尋出天然界限俾將來行政殖民兩俱稱便仍與各屬印委等員再四籌商既不敢隱有瞻徇復不敢稍存意見必衆論僉同方能定

議

伯利遙連依力嘎華俄新界白綾河快當璧鎭猶寥落銅柱空思馬伏波

伯利今屬俄通志卽唐勃利州地亦作伯哩曹廷杰東三省輿地圖說云按唐征高麗絕沃沮千里至頗黎遂五國部有博和哩國頗黎博和哩音同字異也今華人稱伯利二字皆呼波力是與唐遂音同則俄之克博諾甫克卽頗黎博和哩又伊力嘎今綏遠州設治處離中俄耶字界牌一百一十華里離俄之伯力一百四十華里謝民政司己酉按屬考查日記伊力嘎山係臨江東境下臨混同江山形不高而頗聳秀擬設州治卽在此山之上頗得控馭之勢山以東地名通江口通江口者混同江之南岸有支流斜出於東南迤邐至烏蘇里江而止然後會同烏蘇里之正流北行與混江合其中間之地作三角形混同烏蘇與通江環其三面中俄耶字界牌卽立於此照咸豐十年舊約卽在伯力之對岸乃俄人迭次擅移侵佔內地八九十里故現在自通江口以下無論北岸南岸均非我中國所有漁獵樵採皆爲俄人納稅查烏蘇里江爲中俄天然界限而尾閭處以通江之支流爲界不以烏蘇之正流爲界得寸得尺俄之謂也然此處形勢將近於通江口處兩岸山勢環抱作口門東隅雖失猶得爲第二重門戶設州治以作鎭洵屬扼要伯力地址踞山之顚緊臨江岸論其形勢頗與伊力嘎相似山不甚高約長十餘

里自東南至西北起伏作山岡五道最前者謂之南岡次曰中岡又次曰北岡北岡之後地名下衢口華僑之居於此者爲最多全埠共五千餘戶三萬餘人俄人一萬七八千俄兵一萬俄總督署在南岡之首俯瞰江流斜對博物院院內有臺上立俄探險家莫拉約夫銅像即開闢斯土者一手持地圖一手持千里鏡正與江心相望博物院陳列楚楚吳京卿分界所立銅柱在焉蓋庚子之役自琿春輦去者現已斷成兩截矣壁上掛赫哲器物最夥不論精粗無一不具並肖其男女形勢而衣之以衣其留心於赫哲之風俗性質蓋有以也蜜山府南境華俄接壤以白稜河爲界河小如溝其水涸處至無可辨認詢諸土人據稱先是分界在西南五十里當興凱湖之正中曾有卡倫在此地名曰勿賽氣河其後卡倫既廢吳欽差大澂分界至此遂立界牌於快當壁地方距原址五十里始有以白稜河爲界之說然白稜河之南約三四里尚有小河一道據土人云白稜河者實是在南之小河俄人近又占出三四里強指此河爲白稜河而界牌又復潛移其東岸龍王廟地方之亦字界牌亦屢次易湖之分界即以此兩岸爲對直線現在湖權之爲中國有者不過三分之一國疆交錯既無天然界限以爲證據則應愼保疆域設戍守以爲備而從前則荒土彌漫無人爲之過問現在奏設臨湖縣擬即駐紮於此洵爲扼要南望俄疆其郵屯則星羅棋布我僅快當壁一鎭煙戶不滿十家此虛彼實誠宜切實圖之界牌之得以移易者亦未始非空虛之故也

兩路分行入蜜山別尋水道穆稜間灣流險石煩疏鑿

途不經俄便往還

入蜜山之道有二均約四百里一由呢嗎口則至東北而至西南一由穆稜河則自西南而至東北然皆山徑崎嶇爲荒陬未闢之所此外則自南而北沿興凱湖邊由雙城子或四站進者皆俄壤也以驛程計俄境較近一由雙城子至蜜山共三百七十一華里由四站至蜜山共二百九十二華里一以道路計俄境又較平然假道鄰疆轉使我固有之正路愈日棄於荒蕪而不治不徒利源外溢而於國體亦殊不合沿途與魁守悉心研究呢嗎與穆稜兩路比較雖荒僻相等而情形各有不同蓋穆稜河爲軌路經過之所雖近邊疆猶在內地呢嗎則瀕臨於烏蘇里江之邊倘使繞越江東仍須道出俄境欲事修繕誠不若穆稜爲便且設治委員范熾泰曾募招墾隊以經營此路而至今爲梗者皆在青溝嶺之上下七十里四無人煙且乏汲水之處道途之險巇更無論已現因經費支絀招墾隊既經裁撤魁守到任後仍撥隊塡駐雖保護有資而行道之困苦仍不少減經營蜜山誠宜於此爲首先注意之事蜜山府之交通固猶有水道在焉穆稜河由西南橫亘而至東北綿延千餘里入烏蘇里江蜜山城基附近河邊而適居其中左右上下均五六百里抵蜜山後特親往勘察沿河步行四五里河面不寬多則七八丈少則三四丈或二三丈不等蓄水尚深而不利於舟行由於灣曲太甚往往繞行數十里而徑直之線相望咫尺且由蜜山上溯約二百餘里中流有巨石甚險現在偶有貨物經過往往起運至岸陸行四五里經過此石灘始復登舟倘能鑿而通之卽可暢行無阻河岸堆積木植甚夥詢係採自樺川河運至此蓋近年之新

建屋宇其取材悉賴於斯惟航利之發達總須俟內貨充盈方能有所輸出一二年前山內糧食全數仰給於外來本年則所產已足供所用可見地利之興日增月盛但能董勸有方收效自在不遠且查河之下流其入江處距呢嗎口約三十里現在俄人之販運糧食上則新甸德墨里下則三姓佳木斯等處近亦千里遠則二千餘里始達伯力此則由呢嗎口入俄境一葦可杭其利便固不可以道里計滾滾河流詎非大利之所在耶按金史拉必據慕稜水保固險阻慕稜水即穆稜河今於其地設縣

雞林形勝在伊通遼水松江襟帶中輕便軌聯公主嶺
屏藩奉黑控諸蒙

伊通直隸州古肅慎氏地漢晉爲扶餘國地南接高句麗北朝屬勿吉西鄰蠕蠕契丹隋屬靺鞨唐屬燕州尋爲渤海所據遼甯江州金隆州地元遼王分地明屬海西衛後扈倫部自建爲國介葉赫烏拉二國之間 國朝屬吉林光緒八年置州宣統元年升直隸州其地西枕蒙古東瞰吉林南控瀋陽北制黑龍江崇山峻嶺巍然外環沃野平原坦然中止而且遼河襟其左松江帶其右廷杰常謂長江據天下腹地之險水師之設所以握其要也青海伊犁鎮迪爲天下右肩之蔽惟哈密實扼內外之衝瀋陽吉林黑龍江爲天下左肩之蔽惟伊通州尤據形勢之勝蓋以此耳現汪直牧士仁詳准合該處紳商籌辦輕便鐵道與奉天之公主嶺

火車接軌聞全路股本須銀圓六十萬圓擬招股興工云

海水環流紫極洞土山對峙翠微宮石雕仙佛兼龍象荊棘銅駝感慨同

東三省輿地圖說金史會甯府初爲會甯州太宗以建都升爲府天眷元年置上京留守帶本府尹兼本路兵馬都總管東至瑚爾喀路六百三十里西至肇州五百五十里北至夫餘路七百里東南至率賓路一千六百里南至海蘭路一千八百里松漠紀聞自上京至燕二千七百五十里三十里至會甯頭鋪四十里至第二鋪三十五里至阿薩爾鋪四十里至拉林河北盟會編出榆關以東第三十八程至拉林河終日之內山無寸木地不產泉又五里至矩古貝勒寨盡女眞人第三十九程至館去上京尙十里許元宗奉使行程錄過混同江四十里宿呼勒希寨三十六程自呼勒希寨東行五里契丹南女眞舊界也八十里至拉林河行終日無寸木地不產泉人攜水以渡河五里至矩古貝勒寨第三十七程自矩古貝勒寨七十里至達河寨第三十八程自布達寨行二十里至烏舍郎君宅又三十里至館此去北庭尙十里查金史所謂瑚爾喀路即今三姓南一百七十里小巴彥蘇蘇地方牡丹江西沿古城肇州即今順札堡站東北珠赫城率賓路即今綏芬河雙城子地方海蘭路即今圖們江北海蘭河海蘭城自白城按之道理皆合松漠紀聞由白城西行渡拉林河北盟會編行程錄由拉林河東行至白城所記

道里皆百四十餘今由白城西行十里有土城名點將臺又三十里有土城名小城子又三十餘里有雙城子又十里單城子又十里金錢屯又三十里烏金屯又十里花園地方有舊土圍又五里拉林河亦約百四十里路皆平坦猶見甬道形迹知花園地方即鉅古貝勒寨金錢屯即阿薩爾鋪雙城子即達河寨亦即布達寨小城子即會甯頭鋪亦即烏舍郎君宅所在點將臺即當日館客之所再東行十里至白城西門門外偏北有大土阜今呼斬將臺查北盟會編第三十九程至館去京尙十餘里翌日馬行可五六七里一望平原曠野又一二里云近闕去纔蓋復百餘步有阜當指此斬將臺也白城西面南面各十里東北隅縮進五里作曰形由縮進之隅至西城適中之處復有橫城一道橫城南有子城方約二里南面有二土阜對峙各高二丈餘周二十餘丈由阜間北行有高阜七層高各四五尺長均二十餘丈即宮殿基也兩旁均有高阜南北直向即圍郎基也外又各有橫亘高阜數層皆在子城內北盟會編宿圍繞高丈餘皇城也至門就龍雲下馬行入宿圍朝見即捧國書自山棚東入山棚左曰桃源洞右曰紫極洞中作大牌題曰翠微宮高五七尺以五綵間結山石及仙佛龍象殿七間甚壯額曰乾元殿高四尺許階前作壇方數丈名龍墀據此知子城即所謂宿圍南面二阜即所謂桃源洞紫極洞中間即翠微宮北行即乾元殿也又金史至獻祖徙居海古勒水始有棟宇之制遂定居於阿勒楚喀之側今阿勒楚喀城東北二十餘里有海古水即海古勒也俗呼大海溝小海溝合流入阿勒楚喀河至白城之稱雖史無明文然據太祖實錄云遂以鑌鐵爲號取其堅也鑌鐵雖堅終有壞惟金一色最爲眞寶金之色白完顏色尙白況所居按出虎水之上於是國號金蓋因建號之

初色尚白故呼此城爲白城其時本爲會甯州至太宗始以建都升爲府天眷元年始號上京金史地理志上京路卽海古勒之地此蓋可見矣按白城國語呼珊延屯

濤生林海是窩稽人馬難通道路迷滑滑泥深行不得願鋪鐵軌貫東西

東三省輿地圖說今遼水東北盡海濱諸地凡林木叢雜夏多哈湯人馬難以通行之處皆稱窩稽亦曰烏稽亦曰阿集知兩漢之沃沮南北朝之勿吉隋唐之靺鞨皆指此也查兩漢沃沮有南北之分當以長白山爲限在山南者爲南沃沮在山北者爲北沃沮謂盡在高麗者非也北史勿吉粟末部與高麗接伯咄在粟末北安車骨在伯咄東北拂捏在伯咄東號室在拂捏東白山在粟末東南以地理考之粟末部卽今吉林烏拉一帶緣松花江舊名粟末水也白山部卽長白山伯咄部卽今伯都訥金史作部諸濼皆伯咄之轉也拂捏部卽今甯古塔西南八十里古城俗呼東京城亦稱佛訥和城按遼史東京遼州始平軍本拂捏國城明時有佛訥赫衛皆指此也安車骨部卽安楚拉庫路據通志在阿勒楚拉之西號室部應在今綏芬河以東一帶又有黑水部在安車骨北卽今黑龍江地也隋唐靺鞨各部與勿吉同唐之渤海大氏本粟末靺鞨附高麗者光天中爲渤海郡王始去靺鞨號已盡得靺鞨各部地天寶末徙上京直舊國三百里都呼爾罕海之東

臨勿汗河此爲肅愼故地曰上京龍泉府亦卽拂捏部地故至今吉林各古城土人通呼曰高麗城蓋因渤海曾附高麗非高麗實有吉林地也

經營長嶺與濛江界劃山川健筆扛開闢鴻荒成樂土

十年生聚定豐龐

長嶺濛江地本荒蕪自設州縣後頓改舊觀十年生聚當更有進步

考訂輿圖訪古碑萬金塔畔認城基扶餘府與黃龍府

斷以農安釋衆疑

扶餘黃龍二府地衆說紛紜曹廷杰註得勝陀碑援古證今極爲精確並以萬金塔在今農安縣卽古黃龍府治獨斷以釋羣疑

山界分明舊迹看河流烏底外興安海東要地非甌脫

收效桑榆望敦槃

中俄於康熙年間初訂約時以外興安嶺爲界惟烏底河以南至索倫河爲甌脫地及咸豐八年定愛琿之約十一年續修界約以烏蘇里江及松阿察二河作爲

交界東屬俄國西屬中國東海各要地遂爲俄有

樺甸安圖界尚紛線成南北掌螺紋山窮麻楷羣峯盡江自松花二道分

吉省之樺甸與奉天之安圖接壤以麻楷山及松花江爲界

東海濱偕阿穆爾綏臨依蜜與俄鄰江湖險要興烏共塞上屯田正徙民

俄之東海濱及阿穆爾兩省與中國毘連現內興安嶺暨烏蘇里江之險要我與外人共之矣徙民屯田實爲上策況彼已力行之耶

敦化遠徵西蓋馬汪清邊界近和龍日韓合併圖門接最要琿延愼爾封

琿春延吉與韓爲鄰自日韓合併後交涉愈關緊要

冰走耙犁使犬部雪施蹋板貢貂人蝦夷庫頁徵圖志盡是

皇朝塞上氓

三姓北一千二百里松黑兩江之口有赫哲部地早寒多冰雪其引重之器曰狗耙犁如小車而無輪以細木性輭者削兩轅前半翹起上彎後半貼地處四柱與四匡輔之以板如運重則於上彎處駕以二犬二人在上以鞭揮之其速逾於奔驥今冰耙即其制不過改用馬耳其捕獸之器曰蹋板以木板長五尺貼縛兩足跟如泊舟之狀划雪上前進則板乘雪力瞬息可出十餘里凡逐貂鼠各獸循迹追之十無一脫運轉自如飛鳥不及每人歲貢貂皮一張又東北海之庫頁島原屬三姓東南海有蝦夷島附庫頁人至混同江貢貂皆昔日吉林地

耳鼻金銀大小環雙丫雙辮認風鬟貂狐帳褥雕翎屋蟒緞新從

內府頒

黑津部有三種其人耳垂大環四五鼻穿小環一均以金銀或銅爲之女子未字者作雙髻已字者則爲雙辮富者以雕翅蓋屋貂狐等皮作帳褥至三姓貢元狐黑貂等貴皮賞以大紅盤金蟒袍錦片粧緞續繡等物

食魚幾度即年華海國渾忘甲子加傲苛搓羅胡莫納樹皮草蓋野人家

黑津不知歲時問年則數食哈巴達魚幾次以對以漁獵爲生取樹皮或草爲小屋有名傲苛者以布或樹皮爲之有名搓羅者即草蓋圓棚有名胡莫納者即樺皮小圓棚以上輿地參考柳邊紀略甯古塔紀略吉林外紀赫哲風土紀歷史通志官報

歲時 附風俗

謹案豳風一詩具言天時民事由載陽而流火由肅霜而鑿冰其間農桑狩獵以及祭祀燕享莫不發爲詠歌后稷公劉之化王業所由基也吉林亦我　朝之豳也

志稱直樸勤儉精騎射善佃漁天氣早寒遲種先穫洵足與豳詩媲美謹本斯義以紀蓋不僅作荆楚歲時記岳陽風土記已也

炸爆聲喧獻歲辰米兒酒飲甕頭春齋明盛服焚香早都是攀鱗附翼人

元日旂民於昧爽前盛服焚香祭祖禮神放炸爆〔聚爆竹爲炸爆〕家釀米兒酒如酒娘味極甜

魚龍曼衍夜張燈雪月交輝淑景增聯袂蹋歌歸興好脫除晦氣應休徵

元宵然冰燈放花爆陳魚龍曼衍男女聯袂蹋歌謂之除晦氣

鍼黹初停放紙鳶紅粧冒冷打秋千龍頭擡日猪頭薦

春餅登盤列綺筵

正二月多架木打秋千謂之打油千並放紙鳶二月二日爲龍擡頭節是日婦女忌鍼黹人家多食豬頭啖春餅

節屆清明祭品豐墳頭爭壓楮錢紅笑他迷信城隍會

荷校男童與女童

清明節攜酒饌墓祭壓紅楮錢於馬鬣封是日城隍會出巡童男女荷校跪迎晦罪祈福

演劇酬神三月三元天嶺下共停驂仙人不爲盲人會

有瞽齊來醵飲甘

上巳日城北元天嶺眞武廟會演劇報賽是日又爲三皇仙人堂會城鄉瞽者均往祭神

士女如雲北嶺遨樂王廟購紙葫蘆不知新舊年年易

覓得金丹一粒無

四月二十八日北山藥王廟會市人以五色紙紮葫蘆大者二三尺小者不盈寸士女出游焚舊者於神前而購新者以歸

艾虎風生燕尾髾綵絲竹箒綴荷包龍潭山上櫻桃熟
多少游人備酒肴

端午門戶懸蒲艾以黃米裹角黍婦女以綵絲爲箒五色緞製荷包並小葫蘆同艾虎簪鬢上或以布爲虎繫兒肩皆除災辟沴之意但未見龍舟奪錦標耳龍潭山櫻桃熟士女渡江登覽燕飲醉歸

松花江上即天河不見牽牛織女過今夜鍼樓同乞巧
蛛絲穿處巧誰多

七夕婦女陳瓜果以綵縷穿鍼乞巧按松花江國語松阿里烏拉松阿里者即天河也

中元燈異上元形會啟盂蘭燦若星萬朵荷花照秋水
可同佛火燭幽冥

中元作盂蘭會夜然燈徧置山谷燦若列星江中兩船載荷花燈然燈順流如萬朵金蓮浮於水面船僧唄經鐃鈸鼓吹並作

中秋鮮果列晶盤餅樣圓分桂魄寒聚食合家門不出
要同明月作團欒

中秋以鮮果月餅供月合族聚食不出外曰過團圓節

重陽佳節各登高麪合餹酥製菊糕夾葉層層花樣好
紅查白果綠葡萄

重陽食菊花糕以麪合餹酥爲餅凡數層上粘菊葉每層夾以果仁山查葡萄青梅等物一名九花糕

高會龍山酒滿卮碧潭紅樹入新詞陽春一曲賓僚和
譜出宮商叶律時

會城外龍潭山九月間碧潭如練紅樹經霜風景清絶士女作登高會者除北山外卽以此山爲最新會中丞塡有霜花腴用夢窗韻詞極佳一時賓僚多倚聲以

和

烝祭冬初宰豕肥家家祀祖送寒衣略同除夕燒包袱追遠情懷未盡非

十月朔掃墓祀祖謂之送寒衣與除夕焚化冥資曰燒包袱同意

玲瓏剔透放光明一片心同徹底清仙佛鏤空誰得似美人獅象雪雕成

士大夫家善作冰燈以礬水淋雪成冰鏤八仙觀音等像於薄片裁以作燈夜然燭放光幾如刻楮之亂眞其巧妙誠爲不可思議至二三月間方解

氣暈玻璃水作冰捋鬚一笑露珠凝瓊樓玉宇銀鋪地江凍光含雪月燈

吉省自十月起家家閉戶燒爐火氣薰烝氣暈窗上玻璃作人物花卉樹木山川形狀夜深火息即成厚冰出門戴風帽口氣冲鬢髯凝作冰塊脫帽如珠璣之散

昔人所詠明月照積雪已爲奇絕吉省則冰雪
之中加以電燈照耀其景象更爲內地所無

祀竈餹糕並酒肴新年未到小年交豐儲飲食資中饋
餑餑蒸齊水角包

十二月二十三日夜祀竈神供餹糕謂之過小年前後數日人家以
肉糜包水角以餹包麵蒸糕曰蒸餑餑與魚肉肴蔬儲足半月之需

梅花未放雪花飄守歲重裘貉與貂兒女團圓同不睡
迎春送臘是今宵

除夕分壓歲錢團聚飲
食終夜不寢名曰守歲

王道平平不拾遺物還原主守芳規田苗蹴損皆賠值
官長軍民若等夷

八旗之居甯古塔者多良而純道不拾遺物遺則置之於公所
俟失者往認惟踐人田則責牧者罰其值雖章京家人不免

拋球射柳有遺風律以弦歌未盡同文武分途今合一天教時勢造英雄

金俗拋球射柳亦高武之意吉省弓馬爲先弦歌較後今徧設學堂有各種科學與柔輭器械兵式等體操寔文武合一之道陸軍學堂之講武而兼文藝其用意亦同

植立庭前木一根祭天祀祖百神存禳祈禍福憑乂馬切肉同餐俎上豚

凡人家庭前立木一根以此爲神逢喜慶疾病宰大豬還願請善誦者名乂馬向之念誦家主跪拜畢用零星腸肉懸於木竿頭將全豬煑熟請親友列炕一人一盤自用小刀片食不留餘亦不送人如不靈驗則另易一木

觀音土地伏魔三各具香盤靜裏參供奉神牌無一字朝朝西北禮空龕

八旂內室供奉神牌只一木版並無一字亦有用木龕者室之中西壁北壁各一龕以黃雲緞爲簾帷亦有不用者北龕上設一椅椅下有木五形若木主之座西龕上設一杌杌下有木三春秋擇日跳神其木與香盤也以香末灑於盤上然之所奉之神默謂觀音伏魔大帝土地也故用香盤三

跳神降福女巫遺滿語喃喃應鼓鼙裙幅繫鈴銅與鐵綢條五色線橫披

滿洲有跳神禮以當家婦或好女子爲之頭帶如兜鍪腰繫裙周圍繫銅鐵鈴百數手持紙鼓敲之其聲噹噹然口誦滿語腰動鈴響以鼓接應旁更有大皮鼓數面隨之敲和面西向炕上設炕桌羅列食物上以線橫牽線上挂五色綢條自朝至暮日三次用以禳病或祈福三日而止以祭餘相餽遺

阿馬葛娘尊父母烘多兄弟語堪徵愛根對待乂而漢夫婦非徒哈赫稱

甯古塔稱父曰阿馬母曰葛娘兄曰阿烘弟曰多夫曰愛根妻曰乂而漢男人曰哈哈女人曰赫赫舉此以見一班

帕首登輿抱寶瓶馬鞍跨後入門庭新人記取平安意

福壽多男祝未停

婚禮婦帕首登輿胸負銅鏡抱寶瓶內裝金銀五穀又置馬鞍於門閾跨而過

進化文明在合羣

帝鄉況久共榆枌

特頒滿漢通婚詔畛域從今更不分

吉省旂民本融洽光緒庚子後許滿漢通婚益無畛域

車搖不定輓兼推文褓朱衣滿月孩土語聲聲巴不力

金鈴響處笑顏開

生子滿月下搖車其製以篩板圈做兩頭每頭兩孔內外用綵畫並懸響鈴內墊薄板懸於梁上離地四五尺用帶縛定小兒使不得動哭則搖之口念巴不力

熊羆占夢弄之璋門戶懸弧志四方荆矢榆弓裝雉羽

童年好武氣飛揚

以榆柳爲弓童而習之別揬荆蒿爲矢綴雉羽曰紐勘亦曰斐蘭

呼蘭設祭妥先靈七七延僧念佛經立桿挂幡稽舊俗且無木主與旌銘

喪禮設祭於煙筒煙筒國語謂之呼蘭每七日延僧誦經至八旂舊俗不奉木主亦無銘旌惟於院中立木挂幡每日叩奠三次

鷄黍留賓共進觴客行千里不齎糧縶維朝夕非圖報皎皎駒鳴食藿場

滿洲凡出門不齎路費經過之處隨意止宿人馬俱供少陵所謂馬有青蒭客有粟也不責報亦無德色

燕飲渾忘夜色凄舞名莽勢和空齊煙茶既獻牲初進解手刀操異割鷄

吉林紀事詩　卷一

滿洲有大燕會主家男女必更叠起舞舉一袖於額反一袖於背盤旋作勢曰莽勢中一人歌衆以空齊二字和之蓋以此爲壽也先送煙次獻乳茶終進特牲以解手刀割而食之

春深草木漸舒芽五月方開芍藥花農事半年收穫畢
且從漁獵作生涯

吉省地寒三四月間草木方萌芽端陽始開芍藥農事孟夏播種仲秋即收穫農閒每從事於漁獵以作生計

連朝風雪水冰堅立柵江沿受一廛鳬雉鸒麕朝列市
居人爭購度新年

十月杪江即凝冰沿江旅店因岸爲屋至是時乃鑿冰立柵以作市廛售野鳬山雉鸒麕鹿麂魚蛤之屬居人購作度歲之需

異室商君制可遵寒天竈熱不因人改良風俗先除炕
鑪火仍生黍谷春

吉省房屋多設火炕無冬無夏燒之於衛生極不宜曹提學使以不睡火炕爲改良風俗之一況今有洋爐地炕春冬之際亦不患寒氣逼人也

樺皮屋瓦板門垣薪積成山易燎原欲解鬱攸多鑿井消防合與衛生論

人家多以樺樹皮作屋瓦凡門垣窗牖皆以木爲院中又積薪如山故昔多火患且冰凍取水不易救熄頗難昔人謂宜多鑿井蓋爲此也現巡警有消防隊其災頓減按光緒十六年吉垣大火延燒千數百戶將軍府被焚此長將軍任內事也宣統三年四月初十日午後二鐘復遭大火次日午後方息其時西南風甚猛人力難施計燬度支交涉兩司署初級地方審判廳檢察廳省監獄官銀號及經征統稅巡警工程電報官書六局圖書館官醫院郵政局吉長報館其餘商店民居二千餘戶計五萬餘家火由西南迎恩門起延至北城巴爾虎門止僅東門一帶幸免全城菁華俱盡誠浩劫也火後撫帥會同督帥電奏並請款五十萬爲撫恤善後之資當蒙 俞允鄧民政司出有示諭附錄於後照得省城此次火災被災房屋實居多數頹垣敗壁滿目荒涼自應趕緊建築以期興復市面前奉撫憲發交督憲來電飭即修訂建築章程取締房屋制度酌留寬大道路並將從前木棚木路一切引火之陋制概行改革等因當經本司督飭巡警工程局會同商會自治董事會詳細查勘其應行留寬道路者詳列於下一北大街自景合會以南街道須留三丈五尺與北街一律一前後魚行暫時禁止建造一度支司署前不

准搭蓋板棚一河南街糧米行街均須留三丈五尺一尙宜街至度支司署須取直線一財神廟胡同東口西口街道均須留三丈以外其西口與翠花胡同取直一城隍廟胡同牛馬行兩旁須留三丈一獨一處胡同自牛馬行起至官書局胡同取直均須留三丈以外一永德堂胡同兩旁不准稍有侵佔一二道馬頭北街道須與三道馬頭取直一草市東道須留地寬十五丈以外以便於中設立市場且與北大街取直一巡警局對門須與二道馬頭取直留三丈以外一寶宣胡同北口牛馬行總溝兩旁須各留三丈一通天街十字口之西至永德堂胡同須留三丈一官胡同循臭皮胡同直接翠花胡同須留三丈以外一自留養所胡同起循巡警局南抵二道馬頭須留三丈以外一沿江隄南坎不准蓋建房屋以上指定各處商民如欲修蓋房屋必須繪具圖樣由巡警局工程局勘明批准方准興工如所指街道內有民地並由官中估價收買以示體恤其餘未經指定之處准按原有基址自行建築官家一概不加取締並望該商民等迅速從事以期早復舊觀惟從前舊習如木障板棚雨搭帨桿冲天招牌等類均一律禁止修造云云洵亡羊補牢懲前毖後之計也民間若力能多建甎瓦房屋則防患未然更爲周密矣

若非楣棟板皮橫器具精粗一室盈食用額林隨意貯
收藏匳匧與鉼罍

楣棟間橫板猶古庋閣名曰額林凡匳匲餅罌之屬皆隨意收貯

縏皮紙料樹皮繩製以人工用不勝截木中空煙引出呼蘭古制更旁徵

搗苧絜爲紙堅韌如韋索綯用樺皮及椵皮又比戶截木中空引炕煙出之上覆荊筐以御雨雪名曰呼蘭

刳木爲舟似葉輕張帆蕩槳任縱橫飆輪一樣梭穿急贏得威呼自在行

刳木爲舟形似梭一人蕩槳間有張帆者漏則以青苔塞之名曰威呼威呼國語獨木也

盤盂杯勺木能爲刀琢成形巨細宜不用模金兼笵土自然家具勝宗彝

吉省器具樸實大而盆桶小而杯勺皆以木爲之

穈粘麻稭即霞棚紅火初然焰欲騰何事囊螢兼映雪
小窗分作讀書燈

穈燈俗名霞棚以米穈和水順手粘麻稭（逆則不可然）曬乾長三尺餘插架上以三歧木爲架鑿空其端橫穈燈於中或削木牌鑿數眼於上懸之梁下光與燈等

投壺遺制戲羅丹獸腕盈堆擲中難偃仰側橫分勝負
一聲帕格衆人看

童子相戲以麞鹿等獸蹄腕骨用錫貫其竅或三或五堆地上擲之骨一具四面不同擲以四枚視偃仰橫側爲勝負各得一色則爲四色全中者盡取所堆以去不中則與堆者一枚其用薄圓石擊之則曰帕格名爲羅丹以上歲時風俗附參考吉林外紀甯古塔紀略柳邊紀略東游扈從錄松漠紀聞邸抄通志並官私各報

吉林紀事詩卷二

豫章沈兆禔鈞平氏著並註　男世廉康勘校

職官

謹案吉林爲我　朝肇邦重地順治元年設昂邦京章於甯古塔康熙元年改爲鎮守甯古塔等處將軍十五年移駐吉林乾隆二十二年改爲吉林將軍統治軍民綏輯邊境核其職掌蓋卽前代留守之遺與各省將軍之但膺閫寄者不同所轄有副都統參領總管協領防禦驍騎尉等官軍署有戶兵刑工四司雍正初年設滿漢御史不久裁去嗣是二百餘年增郡縣設民官駸駸

乎有行政規模矣光緒三十有三年　朝議改東三省爲行省設立督撫總督兼三省將軍事務巡撫皆兼副都統銜督撫之例兼都御史副都御史陸軍部之尚書侍郎者如舊以徐世昌爲總督唐紹儀爲奉天巡撫朱家寶爲吉林巡撫程德全爲黑龍江巡撫三月初八日奉　諭旨東三省應如何分設職司之處着該督等妥議具奏等因欽此四月十一日總督會同奉吉兩巡撫奏請於奉天吉林黑龍江三省各設行省公署倣照京都辦法督撫與司道同署辦公於公署內分設二廳曰承宣掌一省機要總匯考核用人各事曰諮議掌

議定法今章制各事設左右參贊各一員秩從二品分領兩廳事務就原有局署酌量歸併分設七司曰交涉曰旂務曰民政曰提學曰度支曰勸業曰蒙務各設司使一員交涉旂務民政提學四司秩正三品度支勸業蒙務三司秩從三品以總辦司事承宣廳及各司均設分科每科設僉事及一二三等科員以佐之諮議廳不設官缺酌派議員副議員顧問官額外議員皆選明達政治者充之此外陸軍關係緊要另設督練處以擴充軍政司法分權專設提法司理刑法督撫仍各設祕書官無定員以辦秘密緊要事件等因奉
旨依議

欽此嗣因吉省財政困難總督徐巡撫朱會商吉林官制辦法酌量裁改於十一月二十四日奏請設司道各缺派員試署除提學提法兩司於上年及本年業經

簡放外裁撤兼按察使銜吉林分巡道一缺增設交涉民政度支三司勸業一道以交涉局附入交涉司民政則以巡警局自治局及關於民政各項局所改設度支則以所有財政各局及從前之戶司併設勸業則以農工商礦林業各局併設學務教育等事已歸提學使外以從前之刑司裁歸提法司兼工司則分別併入民政司勸業道旂務暫不設司以從前兵司改設旂務

處至蒙務須體察情形從緩辦理而附於旂務處至參贊所領之承宣諮議兩廳事務倣黑龍江之例暫不設缺由祕書官及文案處辦理以從前之印務併入道以下各設首科僉事一八二年七月裁僉事設總科長一員餘暫緩設而以委員分任其事十二月十八日奉
硃批着照所請該部知道欽此官制既定復訂吉林公署試辦章程及辦事規則暫就撫署設立公署爲辦事處自三十四年三月朔起實行試辦逐日午後二時各司道齊集公署披閱文書遇有應行酌議事件卽時面請督撫示遵辦理事畢每件應歸某司道承辦卽

由本員帶同本署交各科員擬稿次日呈判通飭各府
廳州縣除刑名案件仍由提法司勘轉外餘皆祗備公
牘一分逕達公署毋須分詳分稟俾省繁牘以袪散漫
牽制之弊而謀整齊修理之規是年六月朱中丞調皖
特旨簡今中丞新會陳公繼其任八月受事於
宣統元二年間定省外各官之制設西南西北東南東
北四兵備分巡道辦理交涉已設關者監督關稅各分
轄新添及原有府廳州縣省城及琿春三姓伯都訥甯
古塔阿勒楚喀各副都統亦先後奏裁案件地糧歸地
方官辦理以一事權府仍不設首縣自理地面事件凡

廳州縣公事皆直接院司試行新官制於其間蓋已視舊制不同矣參考通志邸抄公署政書

公署　按公署另有印信以行文書其規制一切具於職官總按語內

周邦雖舊
命維新境自岐豐上溯豳行省設時公署立
發祥重地賴經綸

六百萬人新戶口五千里路舊封疆古今俯仰成因革
中外交通策富强

吉林戶口本不見多近年督撫極意招徠截至宣統二年漢民約五十六萬六千九百五十餘戶男女大小四百七十餘萬丁口合之滿蒙漢八旗男女大小四十

餘萬丁口統共五百零十八萬數千餘丁口疆域現通志載東西距二千四百餘里南北距一千五百餘里新纂　皇朝文獻通考則載東西距四千餘里南北距一千九百餘里按吉林東至甯古塔八百餘里又東至烏札庫邊卡七百餘里又東至松阿察河三百里又東至海濱千餘里是吉林東境實三千里有奇也又自吉林東北至三姓一千二百里又東北至富克錦五百餘里又東北至烏蘇里江口七百餘里又東北至伯利今俄名克博諾付克順混同江至廟爾今俄名聶格來斯克二千餘里是吉林東北境實四千四百里有奇也又自富克錦逾混同江而北循黑龍江省東界北至外興安嶺二千里有奇又自琿春而東至海參崴今俄名那吉窪斯克又東至錫林河七百里有奇其中部落若費雅部居圖庫魯鄂古二河之間在混同江北海濱若貴雅額部居額齊第河西若貢貂部居約瑟河北若奇雅喀喇部居約色河南並在混同江東南海濱其自混同江口西至黑勒爾則濟勒彌部居之即金史之濟喇敏也自黑勒爾西沿混同江兩岸則額登喀喇部居之即不薙髮黑斤也自阿吉太山西至伯利則赫哲喀喇居之即薙髮黑斤也諸部落久隸版圖比於編戶今自咸豐八年愛琿之約定凡烏蘇里河口順混同江東北至海濱二千餘里舊界屬於俄而以烏蘇里河口爲中俄新界矣咸豐十一年北京之約定凡烏蘇里河口泝流至松阿察河踰興凱湖而西至白稜河口又逾大綏河而南至瑚佈圖河口又南而西至圖門江口以東舊界暫屬於俄而以烏札庫邊卡瑚佈圖河口爲中俄新界矣光緒十二年黑頂子勘界定琿春之海口暫屬於俄而以圖門江口內去海三十里土字界牌暫爲中俄新界矣

國會先開議院聲促行憲政動
皇情提前釐定新官制內閣依時組織成

宣統二年十月初三日奉　上諭前據各省督撫等先後電奏以欽頒憲法組織內閣開設議院爲請又據資政院奏稱據順直各省諮議局及各省人民代表等陳請速開國會等語當將原摺電交內閣會議政務處王大臣公同閱看旋據該王大臣等各抒所見具說呈進又於本月初二日召見該王大臣等詳細垂詢切實討論意見大致相同溯自分年籌備立憲期限定自　先朝朕仰承付託之重夙夜兢惕無時不以繼　志述　事爲心既不敢少事遲迴亦不敢過形急切前經都察院兩次代奏呈請速開國會均即明白剴切宣諭彼時爲鄭重要政起見誠有不得不一再審愼者乃揆度時勢瞬息不同危迫情形日甚一日朝廷宵旰焦思亟圖挽救惟有促行憲政俾日起而有功不待臣庶請求亦已計及於此第恐民智尙未盡開通財力又不敷分布操之過蹙或有欲速不達之慮故不能不驗向背於輿情決是非於廷議今者人民代表籲懇既出於至誠內外臣工強半皆主張急進民氣奮發衆論僉同自必於民人應擅之義務確有把握應即俯順臣民之請用協好惡之公惟是召集議院以前應行籌備各大端事體重要頭緒紛繁計非一二年所能蔵事著縮改於宣統五年實行開設議院先將官制釐定提前頒布試辦豫即組織內閣迅速遵照　欽定憲法大綱編訂憲法條欵並將議院法上下議院議員選舉法及有關於憲法範

圍以內必須提前趕辦事項均着同時並舉於召集議院之前一律完備奏請欽定頒行不得少有延誤總之決疑定計惟斷乃成此次縮定限期係採取各督撫等奏章又由王大臣等悉心謀議請旨定奪洵屬斟酌妥協折衷至當緩之固無可緩急亦無可再急應即作爲確定年限一經宣布萬不能再議更張爾內外各大臣務當協力進行時艱共濟各省督撫領治疆圻責任尤重凡地方應行籌備各事宜更當淬厲精神督飭所屬妥速籌辦勿再有名無實空言搪塞必使一事有一事之成績一時有一時之進步無論如何爲難總當力副委任如或因循誤事粉飾邀功定卽嚴懲不少寬假顧官吏有應顧之考成國民亦有應循之秩序此後倘有無知愚氓藉詞煽惑或希圖破壞或踰越範圍均足擾害治安必卽按法懲辦斷不使於憲政前途稍有窒礙以期計時收效尅日觀成上慰 先帝在天之靈下慰海內喁喁之望將此通諭知之欽此案吉省舉代表赴都合各行省國民代表請速開國會東三省督撫憲亦與各行省督撫聯銜奏請開國會暨責任內閣及聞有宣統五年開國會之 旨督憲錫復領銜合十六省督撫電軍機處請代奏請於明歲實行

衮衮羣公會議初廣思集益聚簪裾施行要政重編緝

宣布多方報告書

宣統元年六月督撫會奏設立行政會議處以督撫爲議長分設正副議員以省城現任司道及旂務蒙務處總理充正議員以嫻習法政富於經驗之人充副議

員嗣分巡四道亦委充正議員現任府廳州縣官亦委充副議員及額外議員凡本省行政重要事件諮議局議決執行事件及應宣付諮議局籌議各種議案概交該處開會集議又將吉省各要政輯爲報告書月出一册凡司道及官運諮議自治等局暨地方各正印官均月有報告書宣布要政上司既有所稽考同官亦互可研求尤與庶政公諸輿論之意訢合今官報即倣此編輯改爲月出三册故體例最善

指陳利弊口難緘抵掌而談自不凡議長議員邊塞聚官書一卷列冰銜

吉省會議政務處議長及正議員係現任督撫司道暨旂務處總理副議員係現任府廳直隸州知州額外議員今改爲副議員係現任各縣及設治委員均有銜名可考外其載於官報者副議員爲公署新政諮議官吳觀察式釗秘書官羅直刺惇㬊朱明府文濤崔明府文湘張直刺治仁汪通守熙提調萬觀察繩武副提調高直刺翔一等書記官胡明府錦燦統計員留日法政學生徐君志繹民政司僉事李觀察致楨交涉司僉事傳直刺彊提法司僉事傳直刺善慶提學司僉事何觀察壽朋度支司僉事盧直刺秉鎔勸業道僉事李明府德鈞高等審判廳廳丞錢觀察宗昌高等檢察廳廳長史觀察菡旂務處協理即補道文彝蒙務處協理路觀察槐卿官立省中學堂沈直刺兆禕兩級師範學堂監督言内翰徵經徵局坐辦浙江候補府文錦官銀錢號兼陸軍糧餉局總辦饒觀察昌麟官銀錢號

幫辦陳觀察繼鵬財政局坐辦張太守弧官運局總辦吳方伯匡會辦張觀察祖
笏清理財政局編緝科長留日法政畢業生吳君淵造幣廠總辦辛觀察寶慈法
政學堂監督瞿部郎方梅自治研究所監督范君治煥自治籌辦處
法制科長仇君鰲諸公按宣統二年秋重訂章程銜名略有更換

聖道尊崇典禮明
宮牆萬仞起
陪京上丁釋菜人觀樂玉振金聲集大成

文廟在東門內魁星樓旁近因
詔升
大祀又
經歷任督撫率屬捐廉於小東門外購地另建規模宏廠

兩三豪傑濟時艱末節繁文一例刪破格用人能識駿
賢才蹌濟五雲班

吉省用人奏明不拘資格且將繁文末節概與刪除故得人較盛附錄宣統三年
四月督撫憲奏保人才片現充吉林督練處參議東三省補用道王賡前因通籍
留學日本陸軍爲前任東三省督臣徐世昌所知調奉當差深資得力旋經雲貴
總督李經羲奏調滇省時値邊務事棘頗相倚重未行即隨已故協辦大學士戴

鴻慈出使俄國事畢後自備資斧歷遊歐美隻身行廿餘國堅苦卓絕爲人所難能該員當出洋之先曾調充陸軍協統駐吉辦事臣深喜得一臂助後該員乞假遊歷於本年二月回吉供差因安徽巡撫臣朱家寶奏保人才奉

旨送部引見請咨入都臣覆查該員器識宏深通達治體此次由歐美回國聞見益恢不獨軍事參稽具有心得兼於中外大勢庶政措施靡不宏攬大綱洞徹事理該員出身部屬現以道員候補若專用之軍界臣猶惜其未盡所長倘使效用之途稍寬則其表見之功亦廣臣爲愛惜人才起見應如何量加擢用之處未敢擅擬除咨部外謹就考見所及附片具陳

黜陟幽明庶績熙爲懲爲勸兩無私地當邊要居風憲

密遞封章上

玉墀

中座位居風憲故時有舉劾

致治持危銘與長朱陳際盛局開張請修圖志徵文獻

新政流傳憲政彰

同治年間將軍銘安奏請增設民官光緒二十六年京師拳匪之變俄軍至吉將軍長順效死不去卒與俄人訂立章程隨機應變地方賴以完全及三十三年改行省裁將軍設巡撫始任爲滇南朱中丞一切草創百度維新次年八月今中丞新會陳公莅任加以擴充整理更改舊觀惟通志從光緒十七年長將軍創修後將近二十年現新政聿興憲政逐年籌備地方或添或改輿圖分合視昔不同且地介兩强益形險要似應續修

陸防督練效兼收帷幄居中善運籌痛勦綠林蹤指示
元戎功業自千秋

吉省於光緒三十三年徵有陸軍一協之步兵兩標以第一標駐琿春第二標以第一營駐省城以第二第三兩營駐甯古塔此外又有軍樂一隊陸軍警察一營〔卽憲兵〕分駐有陸軍各地設有駐吉兵備分處至防軍自光緒三十四年遵陸軍部章將捕盜四十營裁減編改爲巡防馬隊十五營步隊十七營嗣益以樺甸縣之步隊一營計十八營共馬步三十三營分爲五路中路步隊五營馬隊四營計九營駐省城蛟河大嶺山河屯樺甸一帶前路步隊二營馬隊四營計六營駐延吉琿春大新立屯一帶後路步隊三營馬隊三營計六營駐賓州五常長壽阿城雙城夾板站一帶左路步隊四營馬隊二營計六營駐三姓及三姓之五站塔城蜂蜜山一帶右路步隊二營馬隊四營計六營駐新城敦化雙陽伊巴丹站燒鍋甸子伏龍泉一帶各劃地段以重防務巡邏周匝以重勦務原設巡防營務

處旋裁去與陸軍均歸於督練處督憲爲三省督辦各撫憲爲會辦以次有總辦幫辦參議提調文案支發等官宣統二年奏准以防軍歸併陸軍成鎮於十月朔成立吉省素多鬍匪於先一年已奏派記名提督孟公恩遠督辦防勦事宜今仍其舊特加痛勦民害頓除所有著名大盜李三省逸匪首要能成基均由撫帥飭屬拏獲
正法

乞救蒼黎水旱災年年蠲振
主恩推考求實業思賢吏兩漢循良妙選來

宣統元年夏大水爲數十年所未見蠲租振粟極意撫綏全活甚衆其餘旱潦偏災亦時時入奏

幕職需才自辟除預參機密省文書提綱更得新猷贊
鷄塞從公借箸初

今之一二三等祕書官暨書記官即漢晉時之幕職得自辟除公署又置書記處提調二員承上啓下贊畫一切其提調爲准補五常府在任候補道南昌萬觀察繩武幫辦提調爲南昌沈直隸刺兆禕宣統二年三月委充吉林省官立中學堂監督又委無錫高直刺翔接辦

願公輿論開諮議欲考民風重調查憲政分籌先務本

地方自治又萌芽

光緒三十二年　明詔立憲三十四年憲政編查館奏定自本年八月始分九年籌備以大權統於　朝廷庶政公諸輿論爲主而憲政內之諮議調查自治等局相因而及宣統二年　命各省督撫於署內設立憲政籌備處因將元年所設之憲政籌備考核處改設諮議局於光緒三十三年開辦三十四年九月成立選定同知慶康爲正議長道員慶山內閣中書趙學臣爲副議長調查局因光緒三十三年十月憲政編查館開辦編制統計二局奏請飭各省設立調查局故將原有之憲政考察局改設以提學司僉事何公壽朋爲總辦至地方自治係民政司總理於光緒三十二年先辦自治會三十四年改爲籌備宣統元年遵憲政編查館章暫歸諮議局籌辦處兼理九月諮議局成立改爲地方自治籌辦處專辦自治事宜設地方自治研究所省外各地方則設分所先從城鄉鎮入手而府廳州縣之自治章程亦續經修訂並創辦自治日報分設講習所按諮議調查自治皆因憲政而設故附記於此

一卷周官致太平中西政要表同情治人治法無他術

塞上新猷次第行

中國開化四千年而文明之盛莫尙於周故周禮一經政法之精詳與今泰東西各國所以致富强者若合符契吉省開通視內地稍後恰喜無積習故新政次第推行進步尙速但有治人無治法人存政舉中外同一理無他術也以上公署

民政司　按光緒三十三年始設民政司奏請以存記道黔陽謝公汝欽試署司使宣統二年六月謝公告養　特簡交涉使鄧公邦述試署始設司時分設五科一民治二警政三疆理四營繕五庶務其衛生一項併入設首科僉事一員旋裁改總科長宣統元年六月奏升爲從二品倣各省布政使兼管府廳以下升調補署事件三年五月鄧公調充總理東三省財政以朱公啓鈐接署

警察城鄉晝夜巡詰姦除暴志安民總司銓政求循吏
澤布鵙麟撫字仁

吉省警政按表列全省面積約一百八十萬方里現劃分區域設警局之處計城局二十三鄉局二十四分區二百四十五共計員弁長警一萬二千一百餘員名每年額活支中錢五百九十八萬零九百九十餘千文延吉由畝捐銀二萬兩外餘由邊務項下開支尚不在內除省城撥有官欵外吉林四鄉警費歸吉林府與旂務處徵收大租時帶徵各屬收支警餉亦一律改歸地方官經理城巡則設總局鄉巡則設分局各有警務長城內總局局長爲郭公紹武現又易以金公其相大約以總局轄分局而以地方官爲之監督歸其節制惟省城則城巡轄於民政司鄉巡轄於吉林府省城設有高等警察學堂現總辦爲江右段觀察藩各屬設有教練所以儲警務人才又有田野之警察以護民屯墾戶有國際之警察以保車站商埠有山林水道各警察以安林礦行旅並飭各村莊編練預備警察二萬數千名俾其守望相助而衛生中之潔清驗疫等類亦時時附見焉惟地曠人稀嗣後酌量情形尚須逐年推廣謝公在任時曾兩赴各屬考查

習藝兼籌教養方大興工作訂新章平康欲救沈淪苦
女廠之中附濟良

宣統元年三月民政司詳送吉林貧民習藝所章程並報開工日期由奉批所擬章程尚屬妥協應准如擬試辦等因二年四月又會奏以工藝一端爲教養兼資之本飭民政司於省城巴爾虎門外建設工藝教養所自上年十月開辦將原有慈善事業酌量歸併內分三部曰習藝所以教授年輕子弟學習工藝爲宗旨計設木工靴履皮革機織暨染色縫紉印刷釀造等共八科畢業不限定期以習成一藝能自謀生爲斷藝徒額設一百四十名其性質純乎爲教曰女教養所以婦女之有志工藝及貧寡孤幼不能自存者爲合格擇婦女相宜之工藝令其學習並將濟良所附設該所內仍分別管理以清界限而廣裁成其性質爲教養兼半曰養濟所則收年邁病廢之窮民給之衣食其尚能執業者課以輕便之工藝不遽責以成效其性質則純乎爲養三者蓋以習藝所爲本而以女教養所暨養濟所爲附屬焉按二年秋由巡警局另設濟良所

改築衙齋式不侔江干樓閣亦興修縱橫馬路平如砥歌舞昇平樂未休

公署及督憲行轅督練公所就將軍署添購民房擴充勸業道署之實業研究所就副都統署改設暨自治籌辦處諮議局皆略仿洋式民政司署以巡道署改度支司署以將軍府改交涉司署以糧餉局改提法司署以滿洲紅旗官地建提學司署及學務公所以正紅旗官房空地建文廟在東門內魁星樓旁又經徐錫兩

總督朱陳兩巡撫率屬捐廉於小東門外另建連同文武各級學堂以及審判檢察等廳一依新式建造故江干三江會館松江第一樓一帶俱起樓閣馬路已將大道興修兩旁各修木路北門大街全鋪木路各路夜然電燈極利行人若沿江再築馬路徧植垂楊則更善矣德勝門外及西關與福綏門內熙春里並有戲園伎館藉以
招徠商旅

招徠商旅在交通議闢康莊衆論同六幹三支修路線
縱橫省北道西東

撫憲以興地利首重交通議於甯安依蘭蜜山綏遠臨江饒河延吉琿春一帶大修路政有六幹三支之議惜經費不敷未能一時並舉

搖曳公園萬柳條農場工廠望迢遥居人共道江南好
願法長虹駕鐵橋

吉省南門以江爲城近年生聚日多頗形逼窄對岸緑樹陰濃名爲江南僅隔一衣帶水建有公園及勸業道之農事試驗塲西偏另建實習工廠以爲惠工之助聘師招徒分科教授以當地所出爲准所織綢布毛巾品質精良染色亦能鮮豔所編柳條箱篋尤與日本無殊蠶桑山蠶兩局亦設於是兩岸原有浮橋宣統元

年夏被大水衝去現若駕以起重機能開闔之鐵橋固善否則木橋亦勝於無大興建築闢作民廛商市亦推廣繁區之一端也

難民安置法分三慈善章程經濟參事在必行籌款急從知實惠不空談

吉林自治研究所官紳以近年鄂省難民攜兒帶女紛至沓來擬三策呈諸公署一授宅分田使皆得所二擇少壯任耕作婦孺入工藝廠三酌留耐勞苦良民實邊其游惰者用火車輪船押令回籍奉批侯飭民政司勸業道妥籌辦理等因

施醫詎敢十全誇妙藥良方用不差保赤心殷苗試種漿分牛豆替天花

宣統元年六月督撫會奏設立官醫院附設研究會即於會內附設中醫施診所兼引種牛痘復籌設西醫院擇地於通天街建造遷併一院分設中西二院長各專責成闡明醫學以保健康而濟貧乏誠善舉也向來民間畏痘傳染避忌極多今布種牛痘全活嬰孩尤夥

鼠疫流行要預防吸收空氣透陽光若非

宮府廑民隱無數寃魂瓦罐裝

宣統二年季秋鼠疫發生於黑省臚濱府之滿洲里俄而盛行於哈爾濱商埠俄人以瓦罐（卽車箱）裝赴病院隔離等所日斃一兩百人新會中丞親往該埠創辦防疫局及籌善後之策政府暨督憲亦派中西醫官入會活人無數繼而延蔓於黑省之呼倫臚濱龍江奉省之奉天等府吉省則以長春雙城濱江爲最阿城新城榆樹賓州等處次之省城伊通農安等處又次之三省統共疫斃四萬數千餘人　朝廷軫念民依兼恐或起交涉　手詔頒發帑金施藥餌無微不至諸大吏亦奉行不懈得以轉危爲安至三年二月疫方消滅車航各路乃交通無阻其間勞費殊屬不貲各國良醫在奉天開會研究中國亦派大員莅會尙無良法以治之也竊謂吉省民間終歲閉戶不透陽光無冬無夏燒火炕衣食住三者無一潔淨卽無鼠疫亦不免另生他疾況時症之易傳染乎則平日之衛生不可不講求也

禁煙立限

詔書嚴强種機關啟厥緘毒草害人除務盡花開罌粟一時芟

洋煙之害將及百年光緒三十二年　朝議禁煙三十四年前中丞朱公於省城設立禁煙總局各府廳州縣設立分局是年仲秋今中丞陳公莅任重申禁令改

爲禁煙公所以禁煙之要不外禁吸禁種禁種是在於民禁吸莫先於官將部頒查驗六項表式分飭各屬據實填註其迹涉疑似者隨時調所查驗餘如軍學兩界稽查亦嚴至紳商士民之一時未能戒淨者給購煙執照令其按日遞減於總分各所附設戒煙會予以方藥其種煙土地共計二萬零九十餘晌部議定於元年下半年起全行禁種乃飭各屬於春夏間一律禁絕改種麻棉麥穀藍靛紅花等類吉省日俄鐵道袤長幾二千里凡路線界內警察所不及之區以及毗連俄韓地界恐有私種情弊又飭各交涉道與日俄領事商明示禁雷厲風行故一年即已禁絕以上民政司

交涉司　按吉林介奉黑之間昔少交涉光緒二十二年將軍延茂以邊界鐵路路線綿長奏設吉林交涉總局於省城凡邊務礦稅森林之事路電租借等類皆隸焉嗣以東清鐵道廣用吉境木植又設木植公司附於該局二十五年又以哈爾濱控松花江南岸其北即黑龍江之呼蘭界江之下游經三姓而達

黑河入俄之伯力省爲吉黑兩省緊要門戶又爲鐵路總支線集合適中之地俄總監工擬設鐵路公司乃奏設鐵路交涉總局於哈爾濱以爲抵制並設分局於沿線各處派員分理地方稅務鐵路警政亦附屬焉華俄訟事由公司派員會審於此先是光緒五年將軍銘安奏請於甯姓琿三城設承辦洋務筆帖式專辦鐵路游歷保護彈壓事宜二十四年以伯都訥阿勒楚喀鐵路視三城尤繁奏准援案添設庚子拳匪之亂俄占東三省一帶將軍達桂時爲候補同知奉奉天將軍之命往哈爾濱講款婉轉磋商得以

戢兵其後定約東三省地次第交還三十年日俄交鬨將軍長順令各處度地設局以資保護事定旋裁三十一年將軍達桂會同黑龍江將軍程公德全奏請於哈爾濱添設道員專辦吉江兩省交涉並徵關稅將前設之交涉局併入旋以俄議不協總局未撤故濱江道猶兼總局會辦三十三年二月奏請吉林長春哈爾濱三處自開商埠長春設交涉局以長春府爲之總理三月設行省總督徐巡撫朱會奏請設交涉司以專責任又於長春設吉林西路兵備道兼理交涉三十四年

新簡司使江甯鄧公邦述

抵任改省城交涉總局爲交涉司其附屬之木植公
司則改歸度支司經理司使以下設首科僉事一員
後裁改總科長科分爲三曰互市界約總務委用科長科員另
設曰俄英等語譯員宣統元年奏請將分巡四道皆
兼交涉而交涉等局除哈爾濱外皆漸裁去是年冬
鄧司使赴都　陛見以勸業道徐公鼎康兼署旋升
度支司使仍兼署篆二年四月鄧公回任五月遷民
政司使而以濱江道施公肇基升任未到任之前仍
由鄧公兼攝十一月施公內用以東南路道湘中郭
宗熙升署十二月郭司使兼署西北路道以粤東辛

觀察寳慈代理

日俄互鬨嚴中立遼瀋同時講外交終化干戈爲玉帛不合猛虎肆咆哮

二百餘年約最先華俄疆域半毗連幾經勘界碑重立莫把防秋視柳邊

康熙二十八年與俄始訂尼布楚之約收回雅克薩徼地立碑額爾古訥河畔爲二百餘年無上之光榮其界接吉林省者沿外興安嶺至海山之南爲中國地山之北爲俄羅斯地惟烏底河以南至索倫河爲甌脫地約既定刋諸貞石以昭大信及咸豐四年俄於我東海那穆都魯地方與英構兵乘船帶兵駛入闊呑博勒必屯奇吉屯及費雅喀人所居地廟兒地方舊有分界石碑悉被鑿毁至八年方訂愛琿之約十一年續修界約經侍郎成琦吉林將軍景綸會俄官勘明界址中俄交界以烏蘇里及松阿察二河作爲交界其二河東屬俄國西屬中國建立書寫牌文一面漢字一面俄字上寫俄國土怕倭那拉喀亦耶等字嗣因牌博年久失修光緒十二年經督辦邊防大臣吳大澂琿春副都統依克唐阿會同俄員覆勘黑頂子交界將以前界牌八個換立石牌並於不接處添立啦薩瑪三字石牌

前後共立界牌十一個琿春屬界距圖門江口三十里立土字界牌蒙古街立啦字界牌俄鎮阿濟密與琿春交界之路立薩字界牌瑚布圖河源分水嶺上立帕字界牌塔俄交界大樹岡子立瑪字界牌甯古塔屬界瑚布圖河口立倭字界牌橫山會處立那字界牌白稜河源小漫岡上立拉字界牌白稜河口立喀字界牌松阿察河口立亦字界牌三姓屬界烏蘇哩河口立耶字界牌此屢次分界之大要也至吉省邊隘巴彥鄂佛羅邊門在省城正北一百八十里爲伯都訥黑龍江往來孔道東北以額塞哩河爲界邊外皆蒙古科爾沁等部地伊通河邊門在省城西北一百八十里赫爾蘇邊門在省城西北四百六十七里布爾圖庫邊門在省城西北五百六十八里以上四邊門舊皆統於吉林將軍東自吉林北界西抵奉天開原縣威遠堡邊門長六百九十餘里遮邏奉天北境插柳結繩以定內外謂之柳條邊亦名新邊　高宗御製詩集有柳條邊詩侍臣劉綸汪由敦金德瑛皆恭和

分界東西廿里遥圖門江口去來潮琿春字是綏芬誤

修約須申第一條

光緒十二年曹觀察廷杰時以游俄勞績送部引見呈管見十六條於政府當以第一條咨行分界大臣查照茲從東三省輿地圖說附刻本內節錄於後俾談時務者有所依據焉一圖們江口地屬要害宜據約劃歸中國也查咸豐十年十月初二日中俄續增條約第一條內議定兩國東界其由什勒喀額爾古納

兩河會處以至自白稜河口順山嶺至瑚布河口一白稜河即與圖與凱湖西北之烏札瑚河瑚布圖河口卽今之三岔口在雙城子西一兩國劃界本自分明按圖辨方亦無疑義惟云再由圖布河口順琿春河及海中間之嶺至圖們江口則考之山川無此形勢當日條約必有舛譌蓋瑚布圖河與琿春河中隔大嶺南北分流距數百里何能由瑚布圖河口卽順琿春河乎況上文以白稜河與瑚布圖河中隔山嶺既明云自白稜河口順山嶺至瑚布圖河口則此處如果指琿春河亦當云由瑚布圖河口順山嶺至琿春河萬不宜云由瑚布圖河口順琿春河也且接云及海中間之嶺至圖們江口今由琿春河至圖們江口江流一綫陸路歧出固無所謂海圖們江口外亦無所謂海中間之嶺則云由瑚布圖河口順琿春河及海中間之嶺至圖們江口者殆子虛之言耳竊以爲條約琿春河應卽綏芬河之譌若云由瑚布圖河口順綏芬河及海間之嶺至圖們江口其東皆屬俄羅斯國其西皆屬中國不但文義通順且山川形勢歷歷可指所謂順綏芬河及海中間之嶺至圖們江口者皆有實據則俄人現在占據之蒙古街阿濟密巖杵河摩闊崴等處重鎭均宜歸還中國中國卽於其處設鎭屯兵以固根本而護朝鮮庶幾東北邊防固於金湯萬一俄人狡逞不以綏芬爲界則宜劃圖們江口以東二十里之地爲中國界蓋條約云兩國交界與圖門江之會處及該江口相距不過二十里是明明言中國於圖們江口尚有二十里之地證以上文及海中間之嶺至圖們江口其東屬俄羅斯國其西皆屬中國數語知當日立約時原以圖們江口屬中國圖們江口以東尚有中國二十里之地故云其西皆屬中國若依俄人以圖們江口數十里之地盡歸俄有是東皆屬俄羅斯國西皆屬朝鮮國和約

之所謂其西皆屬中國者竟無寸土可指有是情乎

吉北韓南溯水源天然國界在圖門不因都護爭持力間島何由闢妄言

國朝龍興東土崇德二年王師再勝韓王舉國內附開國以來雖未邉於屬國之界斷斷焉重爲勘定然恭讀仁廟諭大學士等謂白山之西中與韓既以鴨綠江爲界而土門江自長白山東邉流出東南入海土門江西南屬朝鮮東北屬中國亦以江爲界此處俱已明白但鴨綠土門二江之間地方知之不明因派出打牲烏拉總管穆克登往查邊界穆克登遵旨查邊尋長白至小白山頂審視鴨綠土門兩江之源均發軔於分水嶺故於嶺上立碑其文曰穆克登查邊至此審視西爲鴨綠東爲土門既尋得土門江源遂商之朝鮮接件使樸權等欲自江源至近該國茂山處設界柵以杜侵越樸權等利其速行以督工自任後此種種疑案遂由此而生光緒紀元以後圖門江一帶韓民越墾日多七年吉林將軍銘安督辦邊務吳京卿大澂奏准將韓墾民分歸琿春敦化管轄入我版圖嗣韓王奏懇願將流民刷還九年韓經略使招回流民而流民戀茲樂土計無所出乃混指豆滿圖門爲兩江石碑封堆爲分界飾詞強辯冀免驅逐十一年韓王據一面之詞輒以勘界爲請奉旨允之於是派琿春協領德玉朝鮮商務委員秦瑛招墾局委員賈元桂會同朝鮮安邊府使李重夏履

勘江源嗣查明圖門江源三一南源爲西豆水一正源爲紅丹水北源爲紅土山
水一按北源乃石乙水紅土山水又爲石乙水之北源紅土石乙合而東南流以
匯於紅丹水當時尙未深悉一惟紅丹水在白山東正對鴨綠江源與碑文東鴨
綠西土門之意相合且勘明原碑應在三汲泡之分水嶺上今碑實爲後人所移
因定以紅丹水爲界而韓員知江已勘明則前所混稱海蘭河布爾哈河即土門
河亦即交界江之說已難强辯乃改而專執長白山之碑堆爲據舍江流而求土
門舍圖門江源而求松花江源語皆無賴遂各繪圖而罷十二年更派德玉秦瑛
方朗會同韓使李重夏覆勘十三年同勘茂山以西之江界蓋茂山以西自延吉
至琿春原有天然界限更無可議也此時我勘界員見圖門江界旣已勘明所未
決者不過源頭數水適又查明石乙一水實爲圖門江北源雖非江源之正略與
原界不合而發源處尙在白山東麓遂欲姑退讓數十里循石乙水爲界以稍饜
其心免致此案久懸乃韓使雖已知圖門豆滿爲二江之誤復知土石封堆方向
不合已更無可抵賴遂又改而爭紅土山之一小水以爲圖門之源是其無據之
說至此已三變矣終以礙難曲從又僅各繪圖而罷而當時所擬設之界牌亦因
此定而未立焉然斯時所爭持未定者僅土門江源紅丹石乙紅土山三水耳而
前此所指布爾哈通河海蘭河爲圖門江及指封堆爲界標有土如門爲土門之
僞說皆經兩次勘明已不敢更道及之矣而圖門江之爲國界久無異議更無論
焉此爲吉韓勘界之案不意甲午一役日在韓城與我搆兵强欲韓之自立實以
遂其侵略之謀及講欵事定二十八年韓民越墾琿春一帶之地爲我新設之延
吉廳及和龍分防經歷所轄之一小部分韓民數已五六萬洎乎三十年日俄戰

罷而日人擴張之勢力思於韓發其端既羨圖門江北農產之沃饒夾皮溝金礦之美富長白山森林之豐茂且得之可以拊海參崴之背而斷俄人之左臂於是視線所集一若舍延吉無以爲進取之基者始則借假江之地别爲間島之名繼且繪入韓國之境界蓋圖門江爲天然界限鐵案難移故欲藉土門等種種音訛淆亂萬國之視聽其用心亦狡矣哉三十四年東三省總督爲徐公世昌署理春副統爲今中丞新會陳公昭常徐公以延吉交涉緊要非都護不能當此重任請諸 朝命帶印赴延督辦延吉邊務而以陸軍正參領楚北吴公禄貞副之其軍隊則邊務開辦伊始由駐長陸軍第三鎮調撥步隊十二標二營右後兩隊是年將該營前後兩隊暨馬三標一營後隊陸續調集分駐各要屯此外工程一營屯田一營係邊務自行組織又由憲兵講習所成憲兵隊並設測繪學堂及陸軍醫院巡防營之前路六營亦歸邊務節制又歲撥欵六十萬兩以作經費吴公先奉檄爲調查員既率屬繪成交界細圖上考史乘中稽界碑下采輿論復旁參列國之輿圖記載證以日韓之邦志斷以 國史及諸名家之著述其屬周君維楨王君國琛襄助搜討成延吉邊務報告書若干卷就正於都護而刊布之以破其間島之影射附會藉爲戰守之資都護更持以毅力以延吉爲 祖 宗發祥之地尺寸不肯讓人據理力爭艱險不懼日人卒心折而罷則今日延吉之完全領土誠都護百折不回而得之者也都護旋　簡任吉林中丞時吳公因有要公在奉將邊務交涉委幫辦道員傅公良佐就近經理宣統元年傅公因病請假督撫會奏保吴公爲督辦内稱該員到延吉以來將及兩年以一身爲抗禦保存疆土實屬著有勳勞請升授陸軍協都統並加陸軍副都統銜督辦延吉

邊務得
旨允行吳公接辦於善後一切亦能措理裕如蕭規曹隨世並稱焉
是年七月日使伊吉院彥吉與我外部尙書梁公敦彥在京直接定約略言第一
欵以圖門江爲中韓兩國之界其江源地方自訂界碑起至石乙水爲界第二欵
開放龍井村局子街頭道溝百草溝爲商埠准各國人居住貿易日本國政府可
設領事館或分館第三欵中國政府仍准韓民在圖門江北墾地居住其地界四
址另附圖說第四欵圖門江北地方雜居區域內之墾地居住之韓民服從中國
法權歸中國地方官管轄裁判中國官吏當將該韓民與中國民一律相待所有
應納稅項及一切行政上處分亦與中國民同至關係該韓民之民事刑事一切
訴訟案件應由中國官員按照中國法律秉公審判日本國領事官或由領事官
委派官吏可任便到堂聽審如日本國領事官能指出不按法律判斷之處可請
中國另派員複審以昭信讞第五欵所有圖門江北雜居區域內韓民之地產房
屋等由中國政府與華民產業一律切實保護並在沿江擇地設船彼此人民任
便來往惟無護照公文不得持械過境雜居區域內所產米穀准韓民販運如遇
歉收仍得禁止柴草援引照辦第六欵中國政府將來將吉長鐵路接展造至延
吉南邊界在韓國會甯地方與韓國鐵路聯絡其一切辦法與吉長鐵路一律辦
理至應何時開辦由中國政府酌量情形再與日政府商定第七欵本協約簽定
後本約各條卽當實行其日本統監府派出文武人員亦卽從速撤退以限於兩
月退淸日本國政府在第二欵所開商埠亦於兩月內設立領事館繕備漢文日
本文各二本卽於此約內簽名蓋印中丞聞之電達政府詳言得失而於吉會聯
絡鐵路及日員聽審兩條爭之尤力八月以界約旣定復親赴延吉巡邊察度情

形設立各級審判檢察等廳並派巡警於日本撤退之時節節塡紮二年正月督撫會奏將邊務處裁撤以節省經費二月吳都護交卸督辦入都旋內用蒙古副都統及鎮統四月督憲錫以邊務大定臚陳原辦大員成績內稱中丞對待外人撫馭韓僑力持大體操縱咸宜並在延吉興學校辦屯田練憲兵設巡警以及通電修路衛生各項要政無不次第舉行故能保守主權奠安疆宇等語得旨賞給頭品頂戴現延吉已由廳升府又移原駐琿春之東南道駐延吉農商工藝礦冶森林之實業日臻發達屹然爲東南一重鎮焉

南滿東清界限嚴分行軌路不容添喧賓奪主防尤力
常恐均思利益霑

光緒二十三四年間駐俄使臣許公景澄等與華俄道勝銀行先後訂立合同設立公司興修鐵路至二十九年告竣名曰東清鐵路公司西由黑龍江臚濱府之滿洲里驛起東至吉省之小綏芬驛止計長二千八百一十六里是爲幹路其自哈爾濱分歧南向至旅順口止計長一千八百二十里是爲南滿枝路而大連灣營口兩路又爲枝中之枝日俄戰後由長春之寬城子起轉讓於日本謂爲南滿鐵路查此項鐵路係中俄合辦之一部分俄雖讓於日而我國合辦之權利與已投之資本固在也詰問再三日人乃謂由血戰得之亦太不講公法矣而東清鐵路又有展地之事三十三年七月俄人欲由小綏芬交界站起西至阿什阿車站

止共需地五萬五千晌經將軍達桂飭濱江關道與該公司總辦霍爾窪磋議未決旋由俄使璞第與我外務部直接定議遂立展界合同焉

鐵道縱横接日俄每因交涉費磋磨法權國籍如遵守
那患夷民越墾多

日俄交涉關乎鐵路者多有鐵路巡警之交涉鐵路捕匪之交涉鐵路稅務之交涉鐵路購地設站之交涉他如航業漁獵業並各項營業以及開礦伐木等事均須隨機應付而東北一帶琿春臨江依蘭蜜山等處與俄接壤東南一帶敦化濛江延吉樺甸各屬與韓毗連故越墾者有俄人韓人兩問題光緒十六年將軍長順曾有韓民之越墾者概令薙髮歸順之議現中韓約內有受我法權一條已於延吉設有檢察審判等廳又由憲政編查館定有國籍法韓民之入籍者已居多數俄人自應一律

路政先須審地圖從違智不惑歧途吉長吉會分輕重
自築人爲況又殊

吉林省城至長春鐵路二百四十里前因東清鐵路工竣俄人希冀展築屢以爲言吉林將軍長順恐利權旁落於光緒二十八年六月估定建築工費應需銀二

百六十萬兩奏請專歸中國自辦經外務部議以請飭戶部先籌的欵銀八十萬
兩以爲基礎不敷之數卽由吉林就地籌集華商股分旋准戶部議令將吉省自
籌暨招商之一百八十萬兩撥給奉 旨依議而俄人時以歸華自辦之難
歸公司接辦之易屢向絮聒將軍長順等堅詞駁阻彼終未甘一再瀆請復有與
公司擬定合同十六條改歸公司修造之奏未幾日俄搆兵無暇及此年餘未經
提及將軍達桂以草案逾限應歸無效仍向爭回自修於三十一年十月擬將吉
省官帖銀圓兩局餘利及公欵內動用先期購料興修奏請飭由北洋大臣袁世
凱督辦 朝議韙之三十三年三月准外務部咨吉長鐵路已與日本林使商訂
條欵七則奏准通行到吉此約內載吉長鐵路借欵合同辦法其遼河以東一段
所需欵項向南滿公司籌借一半吉長鐵路所需之半數亦向該公司籌借各等
語約既宣布自難反汗吉省紳民不識事實之內容援蘇杭甬之例欲爭回集股
自辦一時潮湧波翻幾不可遏不知蘇杭甬草約係銀公司一商人之資格且逾
限不辦約早作廢江浙人爭之宜也而吉長鐵路則根據條約關於國際交涉之
問題既經政府畫押豈易取銷三十四年秋今中丞陳公抵任以此意明白示諭
紳民亦遂無言旋將路線勘定兩國交涉亦經郵傳部會咨外務部派鐵路局長
梁士詒與日使阿部守太郎商定續約七條奏准借日幣二百一十五萬圓年息
五釐九三扣宣統元年九月郵傳部來咨內開吉長鐵路將次開辦前經派麥道
鴻鈞爲總辦長春道顏道世清爲會辦在案麥道現請病假改委存記道傅道良
佐爲總辦除全路購地及查辦路欵暨接洽地方紳商由顏道主持會商辦理外
餘由傅道主持毋庸會商以期迅捷等因是年冬訂有購地章程二十二條二年

四月朔開工約計三年秋可以開車雖借欵自修然交通極便視吉會聯絡之約利害迥然不同

開埠通商各設關稅章遙共約章須舟車來往飆輪速
盛世航梯徧海山

光緒元年五月督撫會奏略謂吉省開埠之區爲吉林省城長春哈爾濱琿春三姓甯古塔六處以吉林省城長春哈爾濱三處最關緊要哈埠爲俄鐵路總站所彼國逐歲經營已成屹然重鎭及我國宣告自闢商埠則已人取膏腴我得邊瘠人有市場我無商埠矣若夫長春爲日俄鐵路之交點日之視長猶俄之視哈數年以來漸次規畫其車站界線以內固已闤闠相望商務勃興節節布置不遺餘力可爲駭懼吉林省城三年以前有俄人而無日商近稔之中漸有來者一俟吉長鐵路開工各國商民聯翩而至日人之最占多數當可預科我若無已經成立之商埠恐又蹈哈埠之前轍是以開埠一事斷不能以欵項無着再事因循查兩埠購地築路建屋設警諸要端切實估計非有欵各一百萬兩必難觀厥成功懇請飭度支部撥借經費二百萬分三年請領俟吉長設關徵稅後陸續歸還旋奉
硃批允准吉林省城開埠局委交涉司僉事傅彊爲局長而以交涉使督率之長春開埠局委准補新城府張鵬爲局長而以長春道督率之至哈爾濱之濱江關三姓之護江關琿春之琿春關皆已設立照章徵稅

裁判華夷訴訟平招工傳教訂章程外人若納中邦稅

商業何妨大小營

凡有交涉之區皆設檢察審判等廳以理訴訟其招工傳教一循定章又定有中外營業各稅並外人租屋章程以上交涉司

提法司　按吉林未設行省之先一切刑名詞訟由將軍署之刑司核轉光緒八年奏設吉林分巡道兼按察使銜將吉林伊通敦化長春農安伯都訥五常賓州雙城等廳州縣民刑案件改歸該道核轉而各城副都統所屬旗人案件由各副都統逕達軍署仍歸刑司核辦三十三年四月欽奉　上諭設吉林提法司掌理全省民刑總匯監督各級審判檢察

廳及辦理司法上行政事務而以省內外罪犯各獄所附屬焉是年六月司使滇南吳公燾莅任將歷年所辦已結未結各案移司彙核辦理是爲司法獨立之始三十四年二月復將刑司裁撤歸併提法司旋遵部章分設四科曰總務曰民事曰刑事曰典獄仍設首科僉事一員（後裁改總科長）至各級審判檢察廳則光緒三十二年八月已將行營發審局所設之裁判所改爲高級審判廳三十四年復於省城增設各級審判廳以原有之高等審判廳改爲吉林府地方審判廳辦理境內民刑訴訟案件設吉林府第一第二初級

審判廳辦理境內輕微案件另設高等審判廳辦理全省上控案件各廳均附設檢察廳以維持監督之按照定章凡不服初級審判廳判結之案准赴地方審判廳申理不服地方審判廳判結之案准赴高等審判廳申理以補用道錢公宗昌爲高等審判廳丞奏請以存記道史公菡爲檢察廳長現初級地方審判檢察廳長春延吉賓州新城已設琿春農安亦設分廳

審判廳連檢察廳民刑兩事各開庭三權獨立先司法

明允臯謨有典型

所開講習養人才審判精研法學該
帝鄉栽
明詔現行刑律布甘棠先向
光緒三十三年籌設審判講習所招學員一百二十名講求中外法律章制三學期至宣統元年畢業其前後設立者爲監獄科司法巡警科司法養成所又設立司法會議所以研究法學並刊布提法官報二年春　詔頒現行刑律吉省亦已實行
删繁就簡律新修參合華洋說理由六埠通商廳設半
强鄰治外法權收
吉省通商六埠皆應設商埠檢察審判等廳除省城長春琿春現移延吉三埠已於宣統二年設立外餘若哈爾濱三姓甯古塔三處亦限於次年設齊
田産婚姻契約明仿行登記自邊城鼠牙雀角無人訟
一紙潛消兩造爭

宣統二年六月法司吳提議以吉省已立審判廳各處每年民事案件田產婚姻居大多數如關於田產則盜賣冒占隱匿重售僞造文契之事層見迭出關於婚姻之事則一女兩聘僞造婚帖及悔婚之事紛至沓來各廳員既無實在證據之可查又因兩造供詞之各執欲下判決萬分爲難因思各國設有登記制度附於區裁判行之既於人民得所保障復於司法費用有所取資一舉而數善備焉擬於延吉府先行試辦然後推於各處亦清訟之一道也

監獄從前制未完經營省獄示其端傷痕檢驗洗冤洗
學習平時不憚難

宣統元年八月法部議覆御史麥秩嚴改良監獄一摺吉省法司因詳定改良各屬監獄辦法省城舊有大獄一所建於康熙十五年向歸刑司管理湫隘不堪光緒三十三年九月另擇司署旁滿洲紅旂官地一區請建省獄越一年落成改從新式以作模範又督撫會奏以折獄莫重於人命斷獄必準諸屍傷檢驗一事實司法之要圖改仵作爲檢驗吏比照吏員給與出身設立檢驗學習所由各府廳州縣考選年在二十歲以上文理通順者送省考取入所肄業學科以洗寃錄爲主課而以醫學生理解剖理化法律國文修身體操附焉至一切形模標本器械亦均備購

習藝分科教罪囚折工年限代徒流精勤不祇謀生業

化莠爲良智慮周

省城罪犯習藝所係光緒三十三年前將軍達桂創設歸吉林道管轄改省後隸提法司旋經詳准整頓辦法聘工師教製操靴另設織工縫紉工木工三科織工專製地毯門簾墊褥等物並兼織帶巾縫紉工專製軍衣操帽並代鋪家定製各種衣服木工專製西式桌倚櫃匣及各種精緻器具兼學油漆以臻全備以上提法司

提學司　按吉林向無學政由奉天學政兼理生童歲科試赴奉天寄考同治九年紳士于凌雲慶福等始在學宮東偏捐建考棚名曰吉林試院經前將軍奏准嗣後吉林歲科兩試奉天學政如期按臨並准黑龍江生童附試著爲令光緒庚子後各直省奉詔興學吉省以四郊多壘未遑設立三十年十

二月乃遵部章於省城先立學務處就舊有書院改
設先後就書院義學改建師範學堂五關小學堂邑
邑屯白山小學堂三十二年四月　廷議裁撤各省
學政改設提學使司提學使統轄全省學務歸督撫
節制二十日奉　上諭吉林提學使着吳魯署
理欽此吉林學務始有常職是年冬提學使吳公自
日本考察囘國十一月到任視事遵章將全省學務
處裁撤卽以該處房屋改作學務公所並據學務處
總辦黃比部琮將所有收支各款移交接收遴委議
紳課員分科任事計設總務普通會計圖書四課其

專門實業兩課暫行綴設三十三年改設行省仍遵
新章設首科僉事一員（後裁改總科長）三十四年吳公內用
特簡長沙曹公廣楨繼其任乃極意整頓振興
至宣統元二年間凡中小學蒙養男女師範女子兩
等小學農工商礦等實業學堂一律建設計全省學
堂已有三百餘所內官立者二百數十所公立者四
五十所私立者僅數所又簡字半日各學堂八百餘
所二年夏五月又捐廉奏設圖書館首儲四庫之書
兼收五洲之本附設教育品陳列所分類羅列俾學
者於鈔誦之餘得收博覽之益暫就省垣初等小學

堂閒屋開辦並將書籍圖畫減價發售又設閱書報室提倡捐置各書籍以網羅舊聞擴充新識前學使吳公亦曾捐廉五千兩因建官立中學堂早經挪用故此次創辦不易云

教育師嚴道自尊普通功課進專門學堂各級因時立館闢圖書試討論

殊途未必盡同歸宗教尊崇孰是非廣布春風時雨化菁莪棫樸蔚邦畿

吉省宗教各殊甚有流入邪教者今學堂徧立澤以詩書之化自易殊途同歸

遐邇分行視學員考查庠序徧三邊白山黑水

陪都地首把

朝廷

德意宣

省視學六人由學使詳請督撫札派承學使之命令巡視各府廳州縣學務府廳州縣視學每處一人由學使札派兼充學務總董常駐各府廳州縣城由地方官監督辦理學務並以時巡察各鄉村市鎮學堂指導勸誘力求進步暨改良私塾又在省垣創設勸學總所兼宣講所爲各屬模範省垣又有三路宣講所現府廳州縣亦多設焉

法政長期與速成東西中學擷精英聞風千里能興起

講義分須校外生

光緒三十三年前將軍達桂奏准以課吏局改設法政館委錢道宗昌爲總辦旋在德勝門外建築法政學堂招考學員二百名自費生二十名以育人才宣統元

年吉撫照憲政編查館咨開會同吏部奏准切實考驗外官章程飭各省仿京師法政學堂之制設立法政學堂令保舉捐納兩項人員及招考之士紳入堂肄業長期者三年畢業速成者一年畢業又采湘省法政官校附自修科徧發講義之意令各省除應入學堂各員仍分別入堂肄習外其餘無論現任及有要差者均須領取該學堂講義自行研究遇有疑義隨時函詢學堂答覆每屆一學期將所圈講義及研究心得作爲筆記卒業獎勵准其與本省士紳一律辦理以昭激勸吉省已於二年春間遵章開辦現監督爲保靖瞿部郎方梅

足貴天然不用纏婚姻太早恐傷年神權迷信尤虛幻彙入鷄陵勸俗篇

滿蒙婦女向不纏足漢族久居亦多潛與之化惟新至官商士農之眷屬尚不免爲俗所囿近年有天足會演說令已纏者解放未纏者禁止此風亦漸改矣又婚嫁太早於力學衛生均有妨礙以及廟會等類近於迷信神權教育官報於改良風俗三致意焉按鷄林一作鷄陵

生聚遷移庶類蕃講求實業富元元女師保姆皆傳習蒙養規模幼稚園

生聚日繁宜求實業吉林各項實業學堂已漸設立省城女子師範學堂內附設兩等女學堂及保姆傳習所又有蒙養學堂即幼稚園之制以上提學司

度支司　按吉林財政向皆分隸於戶司及稅捐各局苦乏統一機關光緒三十三年改行省設度支司一缺以奏調存記道閩中陳公玉麟試署十二月奉
硃批着照所請欽此是月到任一切職守照各直省官制通則專管租賦倉糧銀庫旂營官兵俸餉及各項財政出納事務並照吉林添設司道各缺原摺就從前之戶司併設以山海土稅局菸酒木稅局餉捐局糧餉處木植公司官帖局官蔘局蔘藥稅局寶吉局銀元局先後歸併此度支司成立之大概

情形也此外改章徵收者有山海稅局裁併者有寶吉局併銀元局蘉藥稅局併山海稅局內木植公司易名爲木票局新增者爲官運局整理者爲官帖局附設發行銀票處其設科分職辦法照吉林添設司道各缺原摺先設首科僉事一員後裁改總科長餘暫緩設而以委員分任其事首科僉事掌承度支使總理各項財政事宜並領各科科分爲三曰總務曰賦稅曰俸餉總務科設文牘稽核會計庶務四股賦稅科設糧租稅釐兩股稅務科專管收入俸餉科專管支出而以總務科總集其成凡司署所設各局所及地方府

廳州縣文件均以類附屬各科各局向皆有總理專辦今則局仍其舊其總理皆改爲幫辦以一事權宣統元年閏二月陳公奉　旨補授四月赴都陛見以道員粤東黃公悠愈署理九月回任二年正月陳公開缺奉　旨以勸業道嘉定徐公鼎康繼其任旋補授

歲計盈虧職度支清釐財政算無遺稅捐餉俸諸科掌圜法銀行要主持

吉省財政困難情形具於元年閏二月初八日督撫會奏一摺內略稱査吉省從前入欵每年約共銀二百一二十萬兩其收入欵目曰大租卽地糧曰餉捐卽七四九釐捐曰田房稅曰菸酒木稅曰山海稅曰斗稅曰蔘藥稅曰木植票費曰官帖局三成餘利曰戶部協餉以上各欵以捐稅爲大宗而惟餉捐爲儘徵儘解其

他均係各衙門派員包額徵收經徵者除解足額欵外悉歸中飽自前任將軍達桂臨卸任時始於請停協餉案內將加徵之菸酒木稅欵項提出而入欵歲增五十餘萬兩自改省設度支司後經臣等將山海稅斗稅及各稅捐一律改爲儘徵儘解復飭將舊時所有規費酌提入公而入欵又歲增二十餘萬兩綜計每歲入欵約共合銀二百七八十萬兩比舊額計多加七十萬兩有奇是爲今昔歲入之比較又查從前出欵每年約共銀二百餘萬兩收支相抵儘可敷用自改省後需用浩繁除公署及五司各道本衙門公費外其隸於各司道者則有省垣及各屬巡警費新設治各府廳州縣之補助費徵收稅務及其他關於理財費各項學堂及其他關於教育費各級審判檢察廳監獄及其他關於司法費設關開商埠及其他關於交涉費墾務礦務及其他關於實業費其不隸於各司道者則有軍政費邊務費旂務蒙務費交通費禁煙費籌辦諮議自治費此外尚有一切開辦費建築費及常年活支各費總上所列共每歲約支銀五百萬兩比舊額約加多三百餘萬兩是爲今昔歲出之比較就光緒三十四年出入核計不敷之數約銀二百二三十萬兩加之奉部停撥飭歸自籌之欵則有延吉邊務費六十萬兩三省分攤陸軍混成協一協原餉七十餘萬兩除本年豫算之應興應革各要務尤須特別巨欵不計外合前併計不敷已共銀三百六七十萬兩矣〔按吉省宣統三年豫算歲入共銀八百四十四萬零七十餘兩歲出共銀九百三十四萬二千七百一十餘兩出入相抵計不敷銀九十萬二千六百四十兩有奇〕從前吉省財政係由將軍衙門戶司綜筦歷任交代向少清查拉雜紛亂不可究詰而各稅捐等局又各立機關如省城之菸酒木稅向歸將軍衙門山海稅則歸副統衙門斗

稅則歸吉林道民稅則歸各地方官缺分之優腴在此財政之紊亂亦在此稅權不一名目孔多實歸公用十無三三以致農商並困百度未舉今雖力清積弊咸與維新但已免各項浮收正額固自有限而欲議別籌捐款民困實有難堪再四熟思殊乏良策然此猶不過財政困難之一端耳其最爲危險最難整頓者則爲錢法一事曩歲雖曾經設銀圓局鼓鑄銀圓而所鑄本屬無多繼設官帖局逐年增發漫無限制底貨日空遂成不換紙幣而官帖又決難通行外省以致現貨幾於絶迹市廛即間有外來者轉瞬旋復輸出市面周轉全恃官帖官帖日多現貨日少現貨愈貴官帖愈賤近日銀錠一兩約值官帖五千有奇龍銀一圓約值官帖三千有奇小民所重在日用持不換紙幣則何所得食商貨必運至外省照如此銀價則所損實多是以百物翔貴民病莫蘇商業寖衰國計亦困即就餉捐一項計之前歲收吉錢六七百萬串者已銳減至三四百萬串蕭條景况大概可知再越數年何堪設想且外幣勢力乘虛而入哈爾濱以東已成俄幣範圍延吉一帶將爲日幣範圍長春等處則成日幣俄幣交爭之範圍去年以來日俄銀幣一圓均約換官帖四千有奇虧折情形實較英鎊尤劇長此侵蝕伊於胡底此誠吉林財政困難之最大原因也臣昭常到任後與臣世昌反覆籌商特將從前將軍衙門所收菸酒木稅及原有捐稅各局之例規概行提出不敢稍留私利有負

國恩約歲增銀七八萬兩如田產稅契贏餘向歸各地方官飭酌提歸公約歲入銀十餘萬兩如吉省食鹽向皆運至外省飭興辦吉林官運局約歲入銀五十萬兩更飭度支司將省外各稅捐局次第裁撤於省城設立稅務處各屬陸續設統捐局將所有稅捐一併徵收統計以上各項約較前歲增銀八九十萬兩現仍

力求擴充以期將來之進步並擬籌辦營業稅改良稅捐以爲商稅統一之法凡現時進款之可籌較有把握者大都盡於此矣至補救錢法勢非速鑄現貨決難濟官帖之窮故臣等於去冬奏准搭鑄銅圓並飭於官帖局附設發行銀票處行使銀票銀圓票以昭信用而便商民且爲收回官帖之豫備但計從前所發官帖已約在四千萬串以上至少亦須百萬餘兩現銀隨時鼓鑄方足以資周轉但此猶僅爲挽救現狀而言如欲永杜流弊非籌設官銀號不可因擬於省城設總銀號更於各屬之大市場及奉江兩省之通商各處設分銀號蓋必有總銀號以便匯欵存欵則金融方能活潑而現貨庶不致溢出必有分銀號以便發欵交欵則銀號方有信用而紙幣遂易於通行如此則商民便利度支充裕相輔而行所關非細但非預集三四百萬金未敢遽言興辦也以上所籌理財辦法蓋爲現時切要之圖而決無疑義者至久遠之計畫則尚不在此夫吉省之土地非不饒也山川之蘊蓄非不富也惟其財多不見於地面其利不能拘於目前而欲闢利之大小必先以資本之多少定之亦人所盡知者苟今日各省能以其餘利助吉則異日必能以所得之利還助各省初非黔桂新疆等省之長賴協濟者可比也且日俄近於各地調查無不透澈若再昧焉不察外人勢必出其資本盡其手段起而代謀不但地利未能自保而國計且將不堪臣等職分所繫日夕憂危誠有不敢畏難自安者謹就管見所及不能不及時籌辦而又非吉省財力所能籌辦者約略陳之吉省土產最利實業曩者但知自保不求發達以致利棄於地外人因而生心於是飭勸業道調查礦務林業試驗農事蠶桑及造紙印刷各工廠以爲商民先導約計歲須銀二三百萬兩吉省辦墾多年仍多荒地伏莽難除强鄰窺伺

實邊之策允爲要圖於是擬於東北各邊實行移民招墾屯田諸要政約計須籌銀四五十萬兩查琿春爲吉省東邊要塞由圖們江入海僅百餘里實東境天然之一商港屢經確查洵屬利便雖近海江岸已歸俄屬而援照公法實可通過早未計及殊爲失策於是擬開通琿春海港約計須銀五六十萬兩又吉省有松花圖們黑龍三江其經流皆在千里以外支河歧流分貫全省水利之美無過於此乃因向少舟楫輪運不通民氣閉塞良足興歎前於松花江試行官輪商民便焉於是擬統辦三江航路約預計銀四十萬兩是四者皆爲生利之事業苟有資本富國裕民悉具於此他如森林礦產原爲吉林最大之財源尤須賴絕大之資本非專恃官款所能濟事現正擬設法招股募債以期逐漸興辦故不與前四項並論焉再者吉省向少民官治術疏闊邊荒土曠難保治安是不可不速籌設治查奏定籌備憲政章程舉凡各級審判廳及全省蒙小學堂城鄉巡警均限於宣統七年內一律成立則司法學務警政是不可不速議撥充又准陸軍部奏定各省練軍新制吉省應於兩年內自練陸軍一鎮則軍政是不可不速謀推廣統計須款應在數百萬兩以上凡此雖同屬分利之事業而實爲國計民生之要圖是皆整理財政者之必統籌預計者也臣等碌碌之愚既怵於中外之大勢抵制乏術復迫於吉省之財力籌措無方明知帑藏奇絀未敢呼籲司農祇此大局攸關又何敢因循坐誤合無仰懇 天恩垂念吉林關繫綦重財政異常困難應如何統籌全局綜核財力不僅以尋常省分視吉之處 飭部妥議覆奏如蒙逾格鴻慈 俯賜垂鑒俾臣等得以秉承 聖謨次第設施庶中外皆曉然於 上意之所注外強阻怯羣情奮興自是以期治理而鞏邊陲吉林幸甚

國家幸甚等語是月二十一日奉　硃批該部詳愼議奏欽此旋准部議略言以吉省從前歲撥官兵俸餉銀十餘萬兩嗣因稅捐暢旺經前任將軍達桂奏請停撥尙有捕盜隊餉銀四十萬兩光緒三十三年十一月該省因籌辦邊務請撥銀六十萬兩經臣部奏明撥給一次三十四年十二月該省續請照撥臣部卽以庫款支絀無可指撥奏令就地籌措在案查原奏所列歲出各項如巡警理財教授司法交涉實業軍政邊務旗務蒙務交通禁煙籌辦諮議自治等費以及開辦建築活支用項均未列細數無憑確核至留東陸軍第一混成協原餉七十萬兩旣據原奏聲明三省分籌而又列入吉林一省支數之內是所謂歲出不敷三百六十萬兩者不過約舉大數並非實在豫算至原奏稱補救錢法一節查各省官銀錢號濫發紙票經臣部前於妥議財政辦法摺內業令各省將各銀號限令六個月詳細列表送部稽考並聲明官銀號發出紙票各疆臣旣濬此利源自當擔此責任吉林設立官帖局歷年發出繳回銷燬各細數及積存成本數目未經報部有案茲據奏稱此項官帖已發至四千萬弔以上爲數太鉅自不能不亟圖收拾應卽遵照臣部前奏清釐財政辦法一面將發行準備數目經理協理銜名報部稽考一面卽責成該省清查成本追繳商欠將此項官帖設法收回其換用之銀票銀圓票尤當妥籌準備勿得任意濫發致滋流弊吉省在東三省中物力最爲饒裕若將各項新政擇要興辦徐圖擴充則就地設籌未始無尺寸之效等語三月二十五日奉　旨依議欽此蓋庫款竭蹶難於撥給也是年度支司呈指撥支發各欵清單內開一旂營官兵俸餉並文報局抵欵大租地丁契稅雜稅約五十五萬兩一公署軍餉巡警局軍械局營務處督辦處抵欵京餉四十萬兩九

釐捐約五十萬兩斿地大租五萬五千兩一常備軍陸軍小學堂督練處陸軍三鎭張翼長各營抵欵酒稅約三十五萬兩煙稅十萬兩一公署雜支抵欵木稅約十萬兩一法政實業方言巡警四學堂抵欵煙稅十五萬兩一交涉司哈道長道抵欵木植洋票費約二十萬兩一提法司各級審判廳抵欵七釐捐十二萬兩一民政司抵欵七釐捐五萬兩一提學司並各學堂抵欵三成歸公七萬兩各處生息一萬兩四釐捐十二萬兩一勸業道官輪山蠶蠶桑礦政各局實習工廠農事試驗塲抵欵木植票費五萬兩煙稅三萬兩林業山分官輪水脚金稅一諮議自治局抵欵營業稅二萬兩官錢局餘利八萬兩一度支司抵欵斗稅盈餘三萬兩一撫院及各司道養廉公費抵欵官運局餘利二十萬兩一邊務抵欵哈道關稅十萬兩山海稅盈餘十萬兩一斿務處抵欵大小租長餘三萬兩一調查局抵欵參藥稅盈餘一萬兩一官報局抵欵參藥稅盈餘五千兩以上總共抵欵實銀三百四十三萬兩一禁煙經費由官膏局籌一設治經費約四十萬兩一特別用費約六十萬兩一委員出差川資約五萬兩一官醫局經費約一萬兩一馬路經費約十四萬兩一建築經費約三十萬兩以上六筆約需實銀一百五十萬兩無欵可抵旋永衡官銀錢號於上海天津營口長春哈爾濱北京等處開設分號以資匯兌度支部亦設有大清銀行又元年閏二月度支部奏派四品京堂熊公希齡爲東三省清理財政官以荆主政性成副之後易以欒公守綱吉省旋設清理財政局以便按期造送豫算決算各表二年四月十六日奉　上諭中國國幣單位著卽定名曰圓暫就銀爲本位以一圓爲主幣重庫平七錢二分另以五角二角五分一角三種銀幣及五分鎳幣二分一分五釐一釐四種銅幣爲輔幣圓角

分釐各以十進永爲定價不得任意低昂等因欽此按吉林通省錢以五十爲百銅圓則以四十爲百伊通以西以十六文爲百又有羌帖手票老頭票屯帖大小中外銀圓價值之不同銀之平色亦各異若國幣通行以後或可劃一幣制也

廉泉鶴俸數輕微缺地相懸見瘠肥大小官衙公費給平均穀祿制遵依

宣統二年二月督撫會奏爲創辦經徵局勻定府廳州縣各缺公費以清積弊而勵廉隅一摺略言伏讀光緒三十四年五月　上諭有人奏請勻定州縣公費以期久任一摺所陳切中官場積弊著各省督撫體察情形分別妥籌辦理等因欽此查吉省府廳州縣進款向以契稅牲畜稅兩項爲大宗從前徵收漫無定章每年額解無多餘皆入己上下相蒙久成習慣以致財政紊亂無從清理臣到任深知其弊飭司改訂稅章並倣照湖北及各省章程添辦典當稅契令其儘徵儘解不准再有額解名目核計全年收數較之舊時額徵已盈數倍本可即此勻定各缺公費但新政繁興一切用款較費於前不能不從寬撥給又恐邊地民生瘠苦未便遽增稅則設所收不敷所出虧累堪虞故未敢輕舉妄動暫准各屬截留一半以資補助嗣於上年八月間准度支部咨行酌加契稅試辦章程二十條當即轉飭遵辦維是地方官任重事繁稅務紛紜斷難兼顧既不能親自稽徵勢必委之書吏若輩惟利是圖罔知顧忌作弊作福予取予求縱敎立有科條而陋

規名目繁多層層蒙蔽何可勝查是非另行設局經徵不可且缺之肥瘠必視稅之衰旺以爲衡稅旺則取多用宏盡歸私橐缺瘠必多方羅掘勢必擾民天下庸有知足不辱之官斷無毀家爲國之吏始而不肖者漁利以開其端繼而自好者亦隨俗而免累且新設各缺非地曠人稀即事艱路遠邊荒要隘籌備尤不容疏旣無利之可圖咸相戒而裹足若不下情曲體尙何吏治可言是則又非勻定公費不可但此項公費爲數甚鉅如果概由公家籌發其何能給惟有即將此項稅欵撥爲勻定公費之用挹彼注茲庶可相抵因飭度支司先於省城設一經徵總局各府廳州縣均設分局將所有契稅牲畜稅概歸該局徵收定於宣統二年二月初一日一律開辦即責成各地方官稽查使其互相監察以杜流弊而昭核實惟吉省契載價值多係錢數向按三千三百文作價銀一兩今銀價昂貴民力實有未逮前經諮議局集議呈請依照市價增加經臣核准按照定章酌加錢一千文以示體恤紳民均無異議所有稅銀仍遵部章辦理至牲畜稅陋規業已革除而局費票底錢文向爲收稅人等辦公之費勢難盡去應參酌奉天現行章程酌量減少以恤民艱著爲定章俾資遵守此創辦經徵局之大略情形也至各屬缺分繁簡不同若不預爲籌算恐將來苦樂不均即於吏治有礙經臣疊次督飭司道悉心籌議參以各屬報銷之數酌中擬定各府每月酌給公費銀一千兩繁缺另加津貼各廳州縣分最繁缺繁缺中缺三等最繁缺每月酌給公費銀八百兩繁缺七百兩中缺六百兩佐貳各缺亦一律酌定公費以免枵腹從公遇閏按月照加即由就近經徵局按季撥給以省領解之煩自經此次規定之後所有一切陋規概行革除如再有私取民間分文者即以贓私論其向來各項攤欵自應由

司另行籌撥概免流攤此匀定公費之大略情形也按督撫司道公費已於光緒三十三年及宣統二年兩次奏定計總督六萬兩巡撫三萬六千兩民政司一萬四千四百兩交涉提法提學三司各一萬二千兩度支司二萬四千兩勸業道九千六百兩西南路道一萬二千兩

奉行新政首
留都歲入雖增出不敷整頓稅釐增卅倍剔除中飽濟邊
儲

吉省菸酒兩稅從前每年僅額徵銀五萬四千二百餘兩前署將軍達桂奏請援照直隸章程改章加徵除額徵照舊抵撥俸餉外餘皆儘徵儘解以充常備軍正餉及辦理一切新政之需計自光緒三十二年四月起至三十四年三月底止計兩年每年實溢徵銀六十餘萬兩至木稅一項向亦軍署直接徵收稅項之一每年僅額徵銀三千七百兩改設行省以來各項稅務均已分別改徵惟此尚沿舊制今中丞陳公到任後亦化私爲公飭經徵各員認眞整頓儘徵儘解計自光緒三十四年正月起至年底止共徵吉錢四十四萬七千餘串奏明作爲諮議局籌辦處的欵其菸酒兩稅切實整頓亦更逐歲多收綜菸酒木三稅自改章後合計每年竟溢徵銀一百四餘十萬兩之多視舊額頓加三十倍已將在事人員擇尤保奬矣

憲政年新用款加田多隱賦議清查區分等則齊弓尺
不使民間賦率差

吉省田之大小賦之有無多寡極不平均議從清查入手以歸一律而公家亦不無小補

九年立憲款分籌條列清單擘畫周
國會速開期更促預從財政問源流

九年立憲籌欵已覺爲難現改爲五年度支更爲不易已條列清單詳請入奏矣

憲政編查統計先東陲財用表分填職司出入周官法
決算嚴明豫算全

光緒三十三年憲政編查館奏統計一項在各省者現由臣館於請設各省調查局章程內聲明由督撫飭令司道及府廳州縣各衙門添設統計處就該管事項按頒定表式分別填送彙呈考核等因吉省於宣統元年一律遵設度支司爲全省財政總匯之區尤關緊要業經由司委陸軍部主事江右王盛春爲主任員督

佐任各員經理其事按泰西豫算即周官職內所掌賦入之事決算即周官職歲所掌賦出之事而大宰大府九式之法司會司書會計之方具於是焉其表式亦即龍門世表年表月表之遺我
國以之理財維新猶復古也

界分水陸緝私嚴官運商銷課驟添意在便民章更改
贍軍富
國比南鹽

宣統元年三月督撫會奏略云東三省鹽務向係就灘徵課吉黑兩省食鹽皆由奉灘運往一稅之後任其所之自甲午以後俄國東清鐵道接軌吉省於是俄屬鹽觔由海參崴運入五站行銷吉省東北琿春延吉甯古塔阿什河哈爾濱各屬每年自五六千石漸至三四萬石及日俄戰後旅順金州各鹽灘皆爲日占日人廣闢鹽灘所出鹽觔由南滿鐵道運入吉省倒灌長春伊通磐石雙城五常各屬爲數尤鉅自是吉林全省居民大半購食洋鹽奉省鹽課日形減色前奉天將軍趙爾巽奏請設立東三省鹽務總局並議興辦官運以爲抵制外鹽恢復課額之策以造端閎大未及舉行臣世昌到任後以鹽政爲餉源所在奏派四品京堂陸宗輿爲三省鹽務督辦設立局所整剔鹽灘積弊一面籌畫官運挽回利權先從吉江兩省試辦以立基礎而覘成效吉林一省官運委吉林度支使陳玉麟督

辦設提調一員襄贊局務計自光緒三十四年三月間擬定章程七月卽行開運劃分吉林府及長農伊磐濛樺五常敦化雙城新楡賓長濱江甯古塔琿延各岸倉暨各岸分局緝私局爲運銷機關於營口設立採運局爲採運灘鹽樞紐此吉將運到官鹽招商認岸先後開秤試銷並設立吉林官運總局長春總倉吉林省省官運開創之情形也查未辦官運以前日俄兩國私鹽運屯鐵道附屬地界鹽課鹽捐皆不繳納吉省奸商知有鐵道界限華官交涉爲難運華鹽亦爭趨鐵道希圖影射民車冬令運糧赴營口新民屯一帶售賣者以鹽運之利盡歸鐵道强半空載而返影響所及國課民生兩受其病自官運定議後經臣等札飭綏芬稅關先行禁止俄鹽非有三省督撫及官運局專照不得運入吉界而俄屬來鹽自此絕迹至南滿州鐵道私鹽亦經官運局派員隨同東三省鹽務總局與南滿鐵道公司訂立專運合同每年官鹽以一半歸該鐵道裝載除官鹽外日鹽及華商私鹽均不得再入吉界運金減去十分之一鐵道界内奉吉兩省緝私人員得執行其職務於是吉省鹽岸始完全而無缺此吉林官運交涉之情形也當私鹽冲灌之時吉民所食半係無課私鹽其各村屯購存未食者不下數十萬石官運開辦之始舊存私鹽若一律禁止售食恐鄉愚無知轉多觖望因遴選妥員分道稽查除居民屯積自食者從寬免究外凡商鋪存積待價未售者酌量補徵鹽課爲開辦官運之資本並與東三省鹽務總局會訂章程每年由吉省認銷官鹽二十萬石應繳鹽課由吉省分季解繳東三省總局核收其餘所得公秤等項留爲吉省辦理新政之需而奉省原派駐吉之補徵緝私等局改歸吉省管轄除官運鹽觔外奉省民鹽不得再冲入吉界此奉吉兩省分劃界岸辦理之情形也奉省

沿海各灘售鹽向以正鹽六百觔例耗四十觔爲一石吉省官運鹽觔長途盤運
倉廒儲積均有銷耗每石除例耗外另給加耗八十觔經臣世昌於兩次覆陳東
省鹽務情形摺内奏明在案吉省官運定章如滷耗不及八十觔所餘之鹽一併
歸公收發鹽觔悉用東三省鹽務總局所頒官秤公平交易核定鹽價係科合課
釐運本灘價及辦公緝私等費分次分岸辦理比照舊鹽價値較廉民間爭相購
食此官鹽出入本利會計之情形也吉省運鹽故道向以邊車河船爲最多自汽
車通行後水道淤塞食鹽自遼河運道江口登岸入吉夏秋雨水稍涸運船阻滯
經月不達已久視爲迂途邊車冬令由吉運糧赴營口新民屯售賣者回車向載
食鹽近歲車額自五千輛減至二千餘輛亦爲汽車攙奪所致官運開辦後冬令
由營口採運局招僱民車發給脚價飭運官鹽俾不致空載而返邊車生計藉以
不絕至鹽觔運至長春一律收入總倉轉運各岸或僱民車或附汽車每屆月終
各岸收發鹽觔及收支欵目一律呈報總局每季由總局結算一次以驗盈虧各
岸鹽觔招商承銷先飭酌繳押岸銀兩遇有勒價病民之事卽以岸銀充公示罰
岸商領鹽以後分招子店照局定商銷章程出售願購與否聽民自便毫無派銷
勒售等弊近以官價不昂故民間雖有存鹽而銷路仍形踴躍此又官運商銷之
情形也第鹽歸官運爲吉省商民素未經見之事是以開辦之始招商則觀望不
前設局則鄉愚疑懼及辦理數月鹽價公平外私絕迹而各屬奸販向以轉運洋
鹽起家者一旦歇業不得不以全力相抵拒本地劣紳見承充岸商有利無害又
復羣起攘奪百計阻撓甚至勾引外人出頭干預串通商會藉口要求唆惑匪徒
聚衆搶掠狡黠之情瞬息萬變加以愚民未諳鹽法載運私鹽視爲習慣創始之

際既未便按例嚴懲又不能聽其自便勸導應付幾窮於術臣昭常到任後深知
吉省官運實爲內裕 國課外保利權之要素內地如四川福建官運旣行之數
十年裨益課稅商民相安成效最著因督飭該督辦提調等任怨任勞始終堅持
經營不懈綜計吉省官運自光緒三十四年七月開運九月開秤起截至宣統元
年閏二月底止共計運銷課鹽六千八百餘萬斤除解繳奉省鹽課十三萬五千
兩開除吉省原有鹽捐暨成本運費局用外淨得各項贏餘按照吉省官價銀核
算約共五十餘萬兩留爲吉省新設司道各官養廉公費及預籌添練陸軍一鎮
之用現在各岸銷場次第成立外私進入鐵道界內者亦疊次照約緝獲充公交
涉尙稱妥協局用運費一切力求撙節成本均歸核實官運商銷各項章程經數
次更訂增加諸臻完密官鹽價廉色淨居民爭相購食並無阻礙成效已著自應
將一切辦理章程具奏籲懇 天恩准予飭部立案以期久遠等因並附片請
將辦理官運提調前福建候補知府張弧開復原官並免繳捐復銀兩仍留東三
省差遣委用均奉 旨照准是年底除開銷一切並解司道各官養廉外實長
餘吉錢三百萬吊有奇二年度支部澤公爲督辦鹽政大臣而各省督撫俱爲會
辦吉省官運局由督憲委前山西藩司浙中吳方伯匡爲總辦直隸候補道江右
張觀察祖笏爲會辦夏季稟呈官運民銷並續擬規則文奉督撫憲批開稟暨規
則均悉查吉省鹽務前定官運商銷辦法原爲便民裕課起見若劃分岸界壟斷
居奇甚至抬價短秤攙和沙土是以便民之心轉爲虐民之政卽此數端已足見
商銷一層本非經久之道茲擬撤退總商發還押岸銀兩改爲官運民銷意在化
除岸界藉利銷行物窮則變此其時矣所擬規則各條亦均妥協應准照辦惟民

販雖與商銷有間然私利所叢卽難保無舞弊情事原章僅於第一章第九條略示查罰辦法未足以杜奸狡應將民販價秤兩項暨他項情弊各節另訂民販遵守專章並撰行白話告示徧貼城鄉俾衆咸曉官運爲營業性質食鹽爲民用所需非處處從便民二字着想利之所在害卽隨之該局當能深喩此意也附錄規則於後計開變通辦法第一條此次重訂章程以便民暢銷剔弊裕課爲宗旨第二條裁撤各屬分銷局屛除官派完全營業性質第三條撤退總商發還押岸銀兩以銷壟斷居奇之弊第四條改爲民銷合全省繁庶地方及道路窵遠山林荒僻之區參酌支配增設分倉儲鹽俾便就近購領第五條城鄉集鎭大小鋪戶以及鄉僻小民皆准按照官倉定價備價領銷不收押岸銀兩但售整袋不賣零觔並發給分銷執照以備稽查而杜影射第六條化除本省郡邑岸私舊禁凡屬吉境人民有就近在鄰倉購鹽食用者發給執照聽其所之不以越界誤買及販私論第七條開放舊禁係專爲便民自食以免遠道跋涉奔馳起見凡赴鄰倉購鹽只准一石爲度倘有奸商圖利詭托姓名多方購運囤積發賣一經落地被倉員及緝私卡調核執照並驗蔴袋上四面印子查非由應領之倉所購者卽行將鹽全數充公外仍加倍罰懲第八條現在撤總商弛禁令分倉儲鹽官運民銷原爲便民起見各地方官暨各本地商會均有輔助疏銷之責幫同調查招徠毋得推諉各委員亦宜遇事諮詢不得挾持私見第九條分銷鋪戶如有抬價短秤攙和沙土情事查出卽將該店封閉並送交地方官罰辦官本民利第一條吉省現辦官運每石重六百斤又加正耗八十斤公餘二十斤滷耗二十斤共七百二十斤除各項耗鹽不加鹽課外每石應收奉省鹽課洋四元六角吉省鹽釐洋一元二

角公費洋一元又每石攤收緝私費六角八分凡此皆額定成本此外灘價運費繩袋斗用搬力仍臨時核併以定轉發民銷之鹽價第二條發商舊章每百斤准加收洋三角名曰商利此次改歸民銷亦准民販每百斤加收食戶二角減收一角改名民利以示區別員司巡役不得藉端向民販需索規費干究第三條發鹽銷售脚力歸民販自備但須仍照發商舊章每百斤每百里加收食戶洋二角五分計算此外不准多加按是年冬月吳總辦出缺督撫會札以張觀察升總辦而以曹觀察廷杰爲會辦

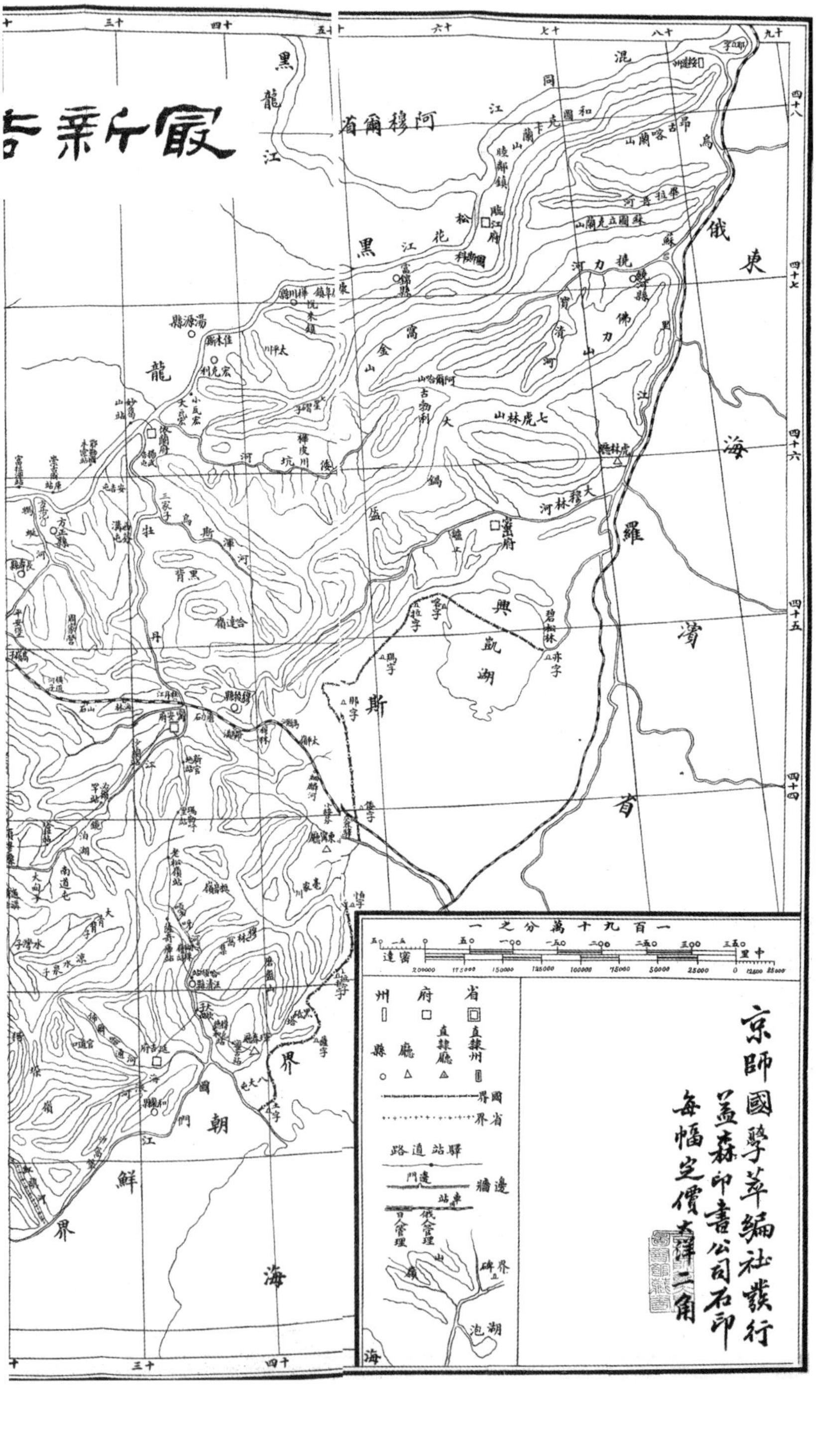
黑龍江
阿穆爾省
混同江
松花江
東海
俄羅斯
興凱湖
海
一百九十萬分之一
省
府
州
直隸州
直隸廳
廳
縣
國界
省界
驛站道路
邊牆
邊門
東站
俄人管理
日人管理
界碑
湖泡
京師國學萃編社發行
盖森印書公司石印
每幅定價大洋二角

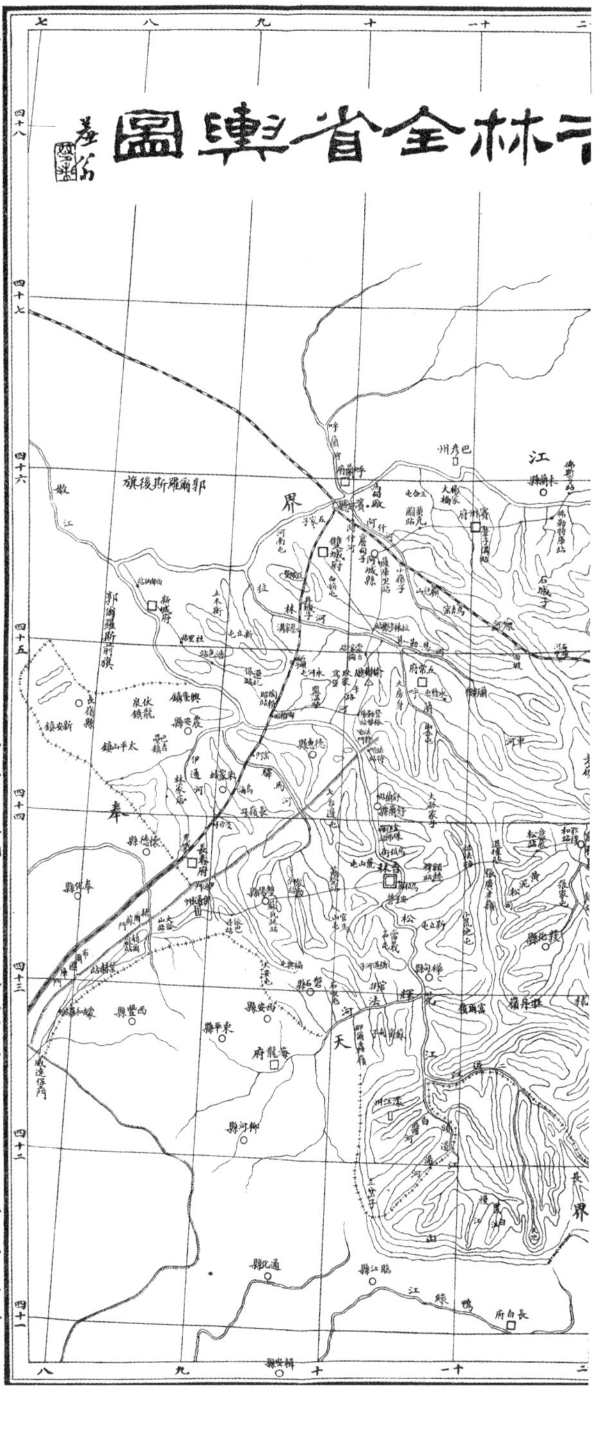

輿圖之學近日愈精東三省奏設測量總局派隊從吉林測量起將來製成精密地圖足資考證然曠日持久軍用或守秘密政學兩界以不得善圖為憾宣統元年春正月謝民政司汝欽飭疆理科王勳高推中程崇實等員就坊行地圖培訂行政地圖一幅呈公署編輯處鑒定付梓視舊圖較為詳審頗刷印無多流傳不廣今又兩年矣其間由緩設改即設者如舒蘭阿城饒河等縣添設者如雙陽德惠等縣樺川縣又詳准由佳木斯地方移駐悅來鎮而所畫圖例江馬字界牌調查實係土字其與奉天新設之長白府未定界線現亦劃定有此不同數處因著吉林紀事詩及註之暇與同事參謀處調查並測量科員合肥孫炳勳商同繪圖生宗正心張寵誠兩生就原有及達部各圖參以調查測量一切之報告分別去取截至本年冬月止以成嶄新之圖先付石印聊為諸君子考古徵時之一助其建置沿革另具于表

宣統二年庚戌嘉平月滁東沈兆禔識廣陵吳仲書

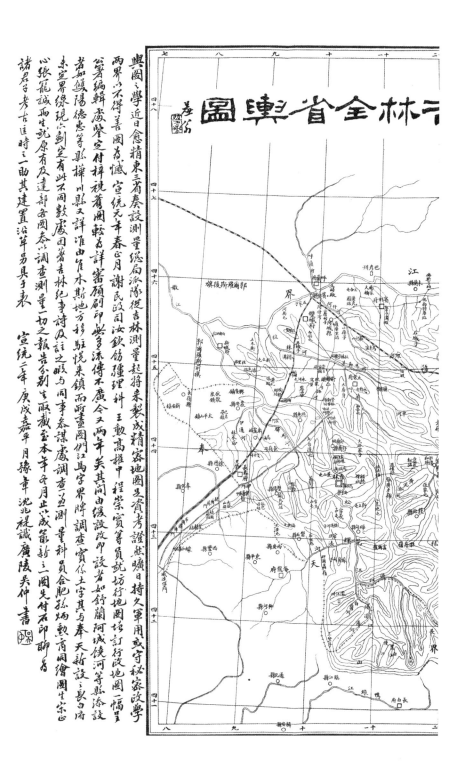

吉林紀事詩卷三

豫章沈兆禔鈞平氏著並註　男世廉康校勘

職官

勸業道　按光緒三十三年奏設吉林勸業道請以直隸補用道徐觀察鼎康試署十二月初六日欽奉
硃批着照所請該部知道欽此是月二十四日到任專管全省農工商業及各項交通事務以舊有之農工商局荒務局林業局先後歸併此勸業道成立之大槪情形也先設首科僉事一員（後裁改總科長）餘暫緩設而以委員分任其事首科僉事承勸業道總領

各項實業事宜並領各科科分爲五曰總匯科掌擬訂各項章程掌管文件及辦理會計庶務各事宜曰農科掌農田水利蠶桑水產森林畜牧狩獵各事宜曰工科掌工藝機械製造檢定度量權衡及礦務事宜曰商科掌商會商標保險及公司註冊各事宜曰郵傳科掌航路郵電各事宜凡道署所屬各局及地方府廳州縣文件均以類附屬各科至所屬各局所除幫辦由督撫札飭外所有監督局長由道詳請札委道署僉事由督撫奏咨委任各科科員由道呈明派充所屬各分局由總局以達於道署此由道署成

立以來組織及織掌之大概情形也其織掌有與民政交涉提學度支四司互見者參稽自得宣統元年五月徐公升署交涉司以借補吉林府滇南張觀察瀛試署二年二月實缺粵東黃觀察悠愈到任參攷公署政書及官冊

報告書徵第一篇裕民富

國策籌邊大東憲政年年備實業終須逐項填

宣統元年徐道憲出有報告書勸商民籌辦屯墾畜牧蠶桑森林礦冶織染釀造印刷等事欲以吉省天然物產加以資本人工上以富　國下以裕民意甚善也今憲政之九年籌備者又縮短三年一切實業必須逐項分塡以觀成績現奉天熊品三都轉擬就籌辦東三省實業章程通州張季直殿撰亦有在東三省大興實業之議皆救時之良策也

遠近移民計實邊開荒招墾貴屯田城鄉果少萑苻警

雞犬桑麻萬井連

光緒二十八年將軍長順奏吉林餉項奇絀擬請清査田賦勘放零荒並將昔年所占旂地一律査丈升科以裕餉源一摺奉　硃批着即妥議勘辦以重國課而裕餉源欽此遵設清賦放荒總局於省城派前翰林院編修貴鐸總理清賦放荒事宜二十九年秋添派總管姚福興候補道松毓爲總理松觀察旋即辭差三十年春添派協領英賢爲總理是年四月將軍富順奏請將旂民田畝清丈升科暫行停辦一摺奉　硃批戶部議奏欽此旋經戶部議覆除地當戰衝暫緩升科外仍令遣員分投查勘復經將軍富順奏陳清丈爲難情形不得不寬求歲月三十一年正月奉　硃批戶部知道欽此此該局創辦之情形也除總局外若賓州伊通州五常雙城伯都訥延吉等州廳若拉林若敦化縣若退摶拉法皆設分局其賓州五常雙城退摶四分局業經完竣裁撤現分局共存伊通伯都訥延吉拉林敦化五處以上總分各局自開辦以來截至三十四年正月二十日止統計已經辦完各項地二百三十五萬零五百九十一晌七畝六分一釐共銀米兼徵原額地十四萬二千九百二十一晌四畝八分五釐尚未辦完各項大租地十二萬七千八百零二晌三畝四分五釐三十四年正月初十日札飭歸勸業道管理所收荒價仍解交度支司以符奏案此公署成立以前荒務局辦理之大概情形也所轄有蜂蜜山招墾局濛江墾務局嗣後新設之各府廳州縣並設

治各處亦各就地方情形放荒招墾焉宣統元年二月督撫會奏墾荒設治需欵不敷請援案動用荒價作正開銷一摺奉　硃批該部知道欽此九月撫憲因

奉　上諭飭令會商妥議法部尚書戴鴻慈奏興利實邊以圖富强而資保衛一摺咨度支等部文内開度支司案呈從前吉省放荒大都以多收荒價爲宗旨是故承辦者以能多放爲得計報領者借多攬大段以居奇轇轕既多遂滋流弊丈放雖衆墾闢無多蓋吉省辦理荒務與招墾情形實有不同溯自光緒二十八年奏設荒務總分各局原係清查田賦帶放各屬畸零夾荒按畝收價依限升科非若大段閑荒另行招民開墾者可比現計各分局皆已裁撤剩有總局辦理核銷事件不日即可報竣似屬無庸更議惟東邊蜂蜜山一帶尚有大段閑荒亟宜設法招徠以實邊圉今年五月間密陳籌辦蜜山墾務摺内聲明移民實邊辦法先派專員分至内地廣招農民東來每一班滿百人爲及額應招者以有身家最爲合格來時助以路費並與郵傳部咨商請免輪船鐵路半價以紓民力至則每名給地四晌或五晌並酌助廬舍籽種牛馬之費妻女半之子年滿十五者分地如成人等語此即隱符原奏變通小農地之說比年以來疊招南洋僑商内地紳富廣集鉅資本來吉領墾如琿春務本公司及吉林銀行兼辦實業公司亦以移民招墾爲宗旨前經派員會同前往三姓依蘭等處周歷履勘並議有辦事規則咨部立案擬俟籌定資本辦有成效再爲奏請從優奬勵此即隱符原奏變通大農地之說其餘沿邊墾務如長嶺縣爲鄂爾羅斯前旂蒙荒已定有分年隨收價銀章程體恤墾民無所不至他如臨江大通濛江樺甸各州縣開放之荒設治設局既非同時辦理斷難一律所定章程或仿昔年成案或係因地制宜綜計數年

以來各州縣所辦荒務雖未報竣要皆放有成數此後惟當責令實行招墾似未便中道改程轉滋滯礙此則吉林籌議墾殖之辦法也按移民實邊漢明已屢行之而按諸今日情勢其亟宜倣辦者莫如屯田屯田之法古亦不一吉省似以退伍兵及旂兵爲宜據巡警一覽表列延吉地方面積三十五萬三千六百方里沿邊多與韓交界韓僑已達十八萬餘人而華民反少且日人於朝鮮茂山等府駐有重兵我國宜於延境先屯二千戶綏芬府面積二十七萬八千方里依蘭府面積十七萬七千五百方里臨江府面積十三萬四千零五十方里蜜山府面積十八萬七千五百方里處處皆與俄鄰俄人於東清鐵道一帶屯有重兵我國宜於該四府境內各先屯兵一二千戶嗣後再推之於琿春濛江敦化東甯富錦饒河穆稜額穆綏遠汪清濱江阿城暨吉長各地退伍兵不足則益以食錢糧之駐防旂兵以一夫一婦爲一戶授田十五晌或父子兄弟或親戚朋友均以二人爲一戶授田如其數聽其僱工幫種但不得轉售以平方二百四十弓爲一畝或照吉省習慣酌中以三百六十弓爲一畝十畝爲一晌五晌爲一區九區爲一里略倣井田之式每區開一小溝每里開一大溝以憑瀦水洩水每里四面間一丈植蒿柳一株爲界其柳即可飼蠶每十方里除授田外於其中另留一方里爲屯基鑿井一口計十里三十戶每戶給屋三間酌留前後空地俾其日後蕃衍自行添築以三十間爲一院屯基四面亦以柳爲界每戶給馬一匹或牛一頭田器兩具籽種銀十兩仍食退伍兵或旂兵之錢糧三年其田不收荒價以示優待軍人之意至所給之房屋牛馬田具籽種每戶約銀若干由經理人報明俟上憲核定授田時註入小照內從第四年起分作十年帶還第六年升科換給大照田房一切永

爲己業每一屯基設屯長一人以資管束教練屯長所授田屋等項倍屯丁之數每五日三戶中輪一人應操三小時農閑時每五日每戶輪一人應操三小時分兩班輪餘暇並可從事於漁獵森林工商各業每十屯爲一堡於其中另闢一五里大之堡基鑿井兩口設堡長一人以轄十屯長所授田屋等項視屯長又倍之屯長之田於該屯內取給堡長之田於近屯內撥給所給各費亦從第四年起均分作十年帶還堡內闢作市場民屋留地基三千方爲公用俟地方繁富相時設立工廠學堂等類其餘聽兵民人等領地自行建築堡基四面亦植柳爲界每年農閒時每堡合操兩次各堡會操一次自堡長以下皆歸地方官節制有事時令各守各屯堡寓兵於農以兵法布勒之似可補兵力之不足每屆退伍酌量推廣亦實邊之一道也此就大段閒荒之未放者而言如已開放則擇零荒夾荒與領去久未開墾逾升科之限在十年外者變通辦理蓋開墾之阻力大約不外鬍匪之肆擾窮民之游蕩或農閑而嗜賭或穫畢而還鄉故放荒雖多實墾無幾戶口亦不克增加今以退伍兵或旂兵屯田則技藝嫻熟且聚族而居聯合各屯堡即成大隊匪不敢來旣有室家之戀田墾熟後又可作爲子孫之業則各種阻力自除其籌墊各費仍可分年繳還期滿升科租稅日裕而固圉銷萌隱爲 國家無窮之利若數處屯田力難並舉似可擇一兩處先試行之若數千戶屯田力難並舉似可擇數百戶或數十戶先試行之倘有能耐勞苦及嫻工作之兵則伐木築牆以造屋放牛驅馬以開田所費更省除兵屯外或設公司大興屯墾或官商傭人分別屯墾或客民住戶零星屯墾均可似以開路爲先能造鐵軌之幹路枝路極善否則平治道路建設橋梁分設航渡皆便民之政而護墾亦關緊要兵屯若

辦理得法則兼可護墾而通商惠工敬敎勸學相因而及則在大吏主持於上良有司奉行於下耳能合力通籌最好如一時力有未能似可擇數處實行大用之則大效小用之則小效篇內所列諸奏咨固經猷卓著立可見諸措施者也吉省田以一人一日之力所能耕謂之晌每晌約合南方十畝然亦大小不等有三畝半至五畝爲一晌者有二十畝三十畝爲一晌者半由弓尺之參差半由地方之習慣今以戶部尺每弓五尺每畝平方二百四十弓計算據光緒三十三年調查表已墾田畝共計四千八百零五萬九千六百一十九畝二分四釐近年續墾當又不少未墾地共計一千九百四十九萬四千零三畝七分然續查以及未經開荒者當不祇十倍宣統元年三月督撫會奏於省城江南設立農功試驗場有園藝樹藝畜牧等科附以編緝調查庶務各課奉 硃批該部知道欽此現省城有農學總會各屬有分會上憲又撰催墾文告並申明逾升科之限不墾者須照章撤地另招農業日形發達每晌收大租吉錢六百文小租六十文有帶徵學堂警察自治等費者多寡有無亦未一律

通惠工商首務農遠民向化自喁喁天時地利加人力東陌西阡盡素封

宣統三年五月趙督憲蒞任以振興實業爲已任又以屯墾爲先務之急設立屯墾總局於省城照會葉京堂能都轉爲該局正副局長其文曰照得東三省地輿

遴鄰土脈膏腴祇以地廣人稀出產未能發達棄貨於地良可惜也本大臣此次在京與閣部諸大臣籌商以整頓東省之策必用振興實業爲先已議定於四國借欵之內劃出巨欵專供東省振興實業之用此誠三省人民之福也本大臣接見京外名流東省者舊周咨博訪僉以實業之本莫先於開墾開墾之要莫亟於移民是則屯墾局之設萬不可不亟亟矣顧屯墾之策東省唱導有年往往勞費無功半塗輒止固由於經費之不能充裕亦辦理之未能得宜頃者 朝廷不惜以息借巨欵加惠我東三省人民本大臣肩斯重任深念此舉爲三省人民命脈之所關並此項巨欵之所從來旣當輸息於先復需還本於後稍有糜濫心何以安設竟無成患將胡底中外之指視咸集於此將來之禍福亦基於此此則籌辦之初所爲審顧遲回不勝兢兢恐懼者也現擬於省城設立屯墾總局先遴委局長副局長者各一員責成按照札中所指事理統籌全局原始要終妥擬簡詳各章籌畫一切辦法務使用一人必得一人之力不可以冗濫厠其間用一錢必獲一錢之益勿以錙銖爲不足惜實心實政成效必有可觀茲查有貴京堂葉京堂景葵堪任該局正局長奉天鹽運使熊司使希齡堪以派充爲副局長相應照會合就札委照到札到該員卽便遵照先將辦法章程妥速擬定呈請辦理毋負委任等因又飭東三省各地方官詳細調查各地方情形擬實力整頓屯墾事業先由遼源至洮南由長春至新城爲試驗移民開墾之地又於屯墾總局外別設東三省移民公司與順直齊晉豫浙贛蘇皖湘鄂粵桂各督撫聯絡一氣俾通盤籌畫宏此
遠猷

柞林橡樹養山蠶不獨柔桑食葉堪塞外發明蒿柳用同功作繭起眠三

光緒三十三年十月總督徐巡撫朱以吉林頗產野桑而民間於飼蠶新法漫不講求擬爲民間興未有之利於是議設蠶桑局札委前安徽南陵縣知縣傅毓湘試辦當飭購備試驗地並飭吉林府曉諭農民應時前往該局領取桑秧如法試種以開風氣而闢利源旋採得松花江南岸巴爾虎屯民地三十四畝於十二月稟准購買作爲蠶桑試驗場之用乃檄赴浙江採辦湖桑三十四年二月運至吉林江南試種並設局焉近又於烏拉街以東距城百里外搜採大小野生桑樹共二千四百株移植局園照湖桑辦法改良修翦此公署成立以前創辦桑蠶局之大概情形也又同時以奉省海蓋金復等州縣繭綢之利歲數百萬吉省橡樹甚夥居民斬伐僅供炊爨天然之利坐棄可惜檄委候選教諭許鵬翊增生王翼之試辦山蠶事宜設總局於吉垣巴爾虎門外之碧雲宮並擬設分局於磐石縣兼轄伊通州蠶場擇附近官山橡樹佳美之處如法試養當奉批兩局共用蠶長蠶工四十八名三十四年正月派員赴各處履勘蠶場於吉城南七十里大咳狼之南北山共設場八逕隸總局於伊通磐石兩屬各設蠶場四皆隸分局二月派員赴奉省購買蠶種並覓蠶長十六名來吉教導此公署成立以前建設山蠶局之大概情形也宣統元年十一月總督錫巡撫陳會咨農工商部文略言案據署吉林勸業道張瀛稟稱吉省自設局創辦桑蠶以來風氣大開已著成效所尤異者

該員司等於研究柞蠶之中又發明蒿柳飼蠶之法卽以橡蠶之種移於蒿柳之上柳葉既較橡葉爲肥柳繭亦較橡繭爲大且可夏秋兩季飼放較之橡蠶工省利倍並將發明柳蠶如何飼養及一切栽種各法編成報告書暨柳繭一匣咨送前來查山蠶爲吉省天然之利亟宜推廣振興惟橡槲各樹產自羣山凡居在平原者尙無飼蠶之利蒿柳生於沿江一帶下隰之地且便移栽居民向作爨材不知顧惜經此次發明於橡蠶之外更可添飼柳蠶從此逐漸推廣於民生衣被之源良有俾益若於內地西北各省仿照飼種利益尤爲普便等因按橡皮爲歐美最要之品多有設立公司若能仿行其利尤厚至家蠶之種可放之橡槲柞柳等樹飼養野蠶之種亦可放之桑樹上均能作繭吉省已有行之者此間已奉部頒到浙省所著柞蠶集徐敎習冀揚有日本柞蠶論譯本許廣文鵬翊又著有橡蠶講綏芬廳附生李鍾華由省領桑秧七千株蠶子三千粒回廳栽種飼養已作繭繅絲宣統元年秋間該廳李司馬達春業已呈送公署查驗二月賓州廳李司馬樹恩稟請設立蠶桑公司此外舒蘭農安長春榆樹依蘭均已養蠶皆吉省宜蠶之證

松杉皆中棟梁材採幹搜巖斧以摧莫概森林薪槱視
多應砍伐少應栽

宣統元年九月撫憲咨度支等部文略言森林之利東西各國極力講求罔不分立專官勒諸法律吉省森林之富甲於全國東南則濛江樺甸延吉琿春等處東

北則附近東清鐵路地方以及吉林府屬之土山五常廳屬之四合川類皆千霄蔽日蓊鬱輪囷彌望皆是惟林木叢盛之區每在高山深谷轉運維艱且民間祇知採伐連售而不知經營培養童山棄壤遺利尙多前准部咨欽奉諭旨籌辦境內森林曾經通飭各屬調查籌辦擬令劃出森林區域採擇護養以作十年之計並查明何處水陸通行何處市場暢銷以爲日後運銷之預備一俟調查明晰再行繪圖貼說明定章程報部存查並一面咨行各直省督撫勸諭紳商來吉興辦林業以拓利源此則吉林籌議森林之辦法也等因先是光緒三十三年省城設有林業總局於西關八旂水師營舊址以吉長鐵路之火鋸公司改作設分局二一在吉林府屬之土山一在五常廳屬之四合川並將公司原存之火鋸鍋鑪運往蛟河設廠歸土山分局經管由宋道春鰲總理其事每分局設正副委員各一正委駐山副委駐水口木商入山砍木木稅到省交納其照費路費由分局查點給票自設勸業道改總理爲幫辦遂隸屬焉委知府張太守鵬爲局長宋道旋辭差事歸局長主持宣統元年農工商部奏振興林業一摺畧言林業之利爲實業之一大端東西各國皆極力經營名目甚繁而究其爲用則不過供用林保安林二者而已不禁採伐者謂之供用所以供國家與人民之用而爲森林直接之利益也禁採伐者謂之保安大概於可防風災飛砂之處則禁之可防湍流潮水之處則禁之可防砂土崩壞雪石穨墜之處則禁之可養水源之處則禁之可爲航路目標之處則禁之可供公衆衛生之處則禁之可爲名區風景之處則禁之皆所以保國家與人民之安而爲森林間接之利益也就臣部最近之調查而論以言夫供用則東三省多松樺榆柞以言夫保安則全國之中森林較盛者惟

東三省而歷來未有水旱疫癘之奇災雨水常勻年歲常熟者亦惟東三省自近來中日木植公司之約成已有旦旦而伐之勢矣臣部於光緒三十三年曾通咨各省一律講求種植並派員前往長白山一帶調查森林復於會同郵傳部遵議鐵路條陳摺內奏明通行各省飭屬課種有案請 旨飭下各省將軍督撫將所轄境內適於造林之區域與固有天產之森林限期詳細查明備具圖說咨報等因按吉林大窩集四十有八皆在綏芬依蘭延吉蜜山濛江臨江敦化樺甸一帶宜砍伐以通道路宣統元年秋間濛江沈刺史榮馥稟稱畧云州屬森林叢密道路不通擬將沿途樹木砍伐寬廠使透風日等語至吉林長春伊通五常賓州農安榆樹一帶則宜隨時擇要種植是年春間賓州李司馬樹恩稟送勸導種樹章程內稱州境向富森林自東清鐵路開通後需用材木日多鄉民逐漸砍伐所有森林十去其六七若不急於栽植數年之後不但建築有乏材之歎恐採薪有告匱之虞因在城內植柳二千七百餘株全境不論何種樹木令種至二十萬株以上八月農安縣壽大令鵬飛稟勸諭民間廣種樹木十二月公署批五常廳蘇刺史鼎銘請獎勸種森林稟該廳勸種森林曾不數月徧插楊柳已達一萬四千五百餘株吉長報載西南道路顏觀察由道署至車站馬路兩旁徧植楊柳將來推廣於吉長鐵路兩旁自必一望青葱云云省垣左近似應一律栽種

佳氣葱蘢寶藏興五金煤礦結層層開山鑿井多通道

會見

陪都出產增

光緒三十三年三月准農工商部咨據候選同知吳毓辰稟稱吉林東邊各戶按土法辦礦二三十家每家約招工百人自備器械糗糧願按月納稅請部頒執照咨行到吉十月委張倅祖策爲東路礦務調查員赴穆稜河設局三十四年正月改委候補同知魁福接辦二月遵部章創設吉林礦政調查總局於省城歸勸業道管理以候補道曹觀察廷杰爲幫辦而以東礦務調查局隸焉吉省礦產徧地皆是而尤以東南一帶爲最勝其礦質五金與煤俱備所已開者如三姓之金礦年來漸有起色紱芬廳境之五虎林等金礦先爲俄人私採自爭回之後開採亦不見旺延吉廳之線金沙金出產十餘處而尤以渾春河流域爲吉省南部之金場如東溝塔子沙金溝土門子柳樹河子廟房子狐狸別瓦岡塞八處自同治年間開採現時礦工約有二千餘人甯古塔蜂蜜山等處之金礦則時開時禁延吉天寶山之銀銅礦光緒年間開採現已封禁磐石縣之銅礦先係商辦不甚得法嗣改歸官辦所得之銅足供吉省之用全省到處鐵苗甚富惟磐石縣之安東子河每年產額三十八萬餘斤石炭到處產之內甯古塔之滴道小煤礦爲全省之冠然非設輕便鐵道接達俄軌未易通行其餘蚱子窩營盤溝等二十餘處商民均已開採但俱係用土法未購機器開井又無鐵路運送故未十分發達然大利所在將來總須大開然其中亦有隣交涉者如松杉官街頭道江各燒井夾皮溝甯古塔渾春各金井以及臨江州依勒嘎之石山等處皆與俄交涉如石牌嶺燒窰火皮溝金井以及天寶山白龍駒等處又與日交涉有與我定約開採者亦有

招工逕行開採者前車之鑒不可不慎與後物產門參看

百工省視入精微今昔當知是與非規矩方員明巧擅振興舊業發新機

吉省出產頗饒而工作向不講求現設各工廠與各學堂以互相研究故工藝日有進步將來若購各種火力人力機器以教導之自必更精吳觀察式釗建議謂宜於大農地旁建各種工藝廠俾農閒時有所執業免得聚賭爲非亦富民之一法也

締成商會闢商場多設公司局勢張海外華僑心祖國投資招股徧南洋

吉省於光緒三十三年設立商務總會宣統建元以來各屬亦多設分會並自開各商埠其公司如琿春之務本公司以招墾呢嗎之釀酒公司吉林之玻璃公司西南路道顏觀察禀准官設之農產公司皆見諸公牘但少巨商無當企業新會中丞派員赴香港澳門等處招徠外商元年春各大資本家公舉代表來吉籌度一切卽分往新舊金山暨南洋各島招股是年四月職商余國靄等呈爲集資擬設吉林銀行兼辦實業有限公司擬具章程懇請咨部立案奉批呈及擬章均悉

查吉林企業豐饒百產具備惜從前未遑措意以致菁華久鬱閟而勿宣近年來本地紳商力求進化關心實業未嘗不從事經營無如元氣未蘇投資有限積銖累寸成效非旦夕可期本大臣本署院提倡心殷愍然不能自已茲該職商等不遠萬里投袂而來非特官吏之樂為贊成抑亦紳商之歡於接待也披閱所呈擬集資首先創設銀行陸續籌辦實業以振興商業開闢利源為宗旨其事雖為營業其心不啻輸邊仰見　朝廷之實力保商益信該商等之傾心報　國言詞根於忠愛覽之欣慰莫名查所擬章程以銀行實業相輔而行本末交資籌畫洵為完密邊防殖業其情形困難自與內地不同既稱願集鉅資並請稍寬成法現在中央大部招徠綦切保護尤殷即與例偶有未符亦必曲加體恤所請據情咨商之處應准先行立案一面聽候咨部商請變通以資發起至所集資本一百萬元仰即備齊候驗其擬續招股四百萬元迅速分赴英美各國及南洋各埠力為勸集尅期開辦並望宣布　朝廷德意鼓舞同胞共矢血誠以維邊局該職商等深明大義擔任匪輕努力前途珍重自愛本大臣本署院殷殷希望務蘄不負此行應候分咨出使英美大臣及照會南洋各埠領事一體保護盡力維持以成斯舉並候將所擬章程咨商農工商部核覆飭遵等因二年四月江南開南洋勸業會吉省派員解陳列品計十部六十二類四百七十五種赴會內人蔘貂皮東珠烏拉草及珍禽奇獸為土產之特色現督撫議開拓殖銀行於東三省已擬具章程

東狩先同度量衡黃鍾根本

帝心明整齊畫一名臣奏成器頒行製造精

吉省市尺較工部營造尺每尺長一寸米麥每石重三百六十斤較通州倉斛每石計二石半並有重至七百二十斤者秤十六兩至十八兩二十兩二十四兩不等市平較庫平每兩小三分七釐與各處亦大小不一商民習慣通行大約各省如此非獨吉省爲然光緒二十四年三月農商工部尚書溥頲會同度支部奏略言一曰恪遵　祖制以營造尺漕斛庫平爲制度之準則也中國度量衡之制始自虞書詳於漢志其言度之數本於律權量之數本於度自晉迄明罕通斯義惟我　聖祖仁皇帝稽古同天前民利用以橫累百黍之度爲古律尺縱黍之度爲今營造尺凡漕斛升斗之容積庫平法馬之體積以營造尺之寸法定之然後律度量衡四者乃眞符舜典班書之精義皆一貫以相通爲列朝所未有今工部營造之祖器雖已無存而　御製律呂正義之圖與倉塲所存康熙時之鐵斗證其尺寸不爽是成法確可據依即舊貫無煩改作此　祖制之所以宜恪遵即臣等所謂定一尊者也一曰兼采西制以實行畫一各種度量衡之制度也法國邁當之制風靡一時英俄日本等國皆已參行然其本邦舊制仍多未改況中國五千年來之習俗百姓之日用而不知何必更張反滋紛擾顧有以不改爲便者亦有以改爲便者如近日學堂工廠鐵道建築多用英法之尺兼及英日之權器已徧於國中規必求諸域外何若以伐柯之則爲塞漏之謀以集合所長爲統同之計此西制之所以宜兼采也顧尙有進者　祖制雖宜恪遵而立法或因時而異故康熙時之定制雍正乾隆以來已有變通今就會典所

載擬增損者約有八端一改量地之步弓爲鏈尺一依今庫平之式改方鏝爲圓圈改兩尖鹵爲對鍼一改法馬爲圓筒形不用扁圓舊式一改金銀每方寸之比重爲純水一立方之比重一於制度之內增矩尺一種一於量制之內增勺合概三種一勺合升斗均各增圓式一種一於衡制之內增商用天平及一毫二毫五毫一釐二釐五釐之法馬六種凡此皆習用已幾於默化而官司尚未有明文允宜纂入定章垂爲世守此用舊制而不能不加損益之情形也西制之采用者除度制之內酌增摺尺鏈尺捲尺三種衡制之內酌增重秤一種及上條之圓筒法馬純水比重外其餘各種制度粗者既未必通行精者又驟難仿造即如用西國精平以權中國生銀之重卽時有損壞之虞與其制不合宜曷若俟諸異日此又采西制而不能遽求全備之情形也以上四者於制度之所宜似已得其大要顧欲實行畫一必須先挈綱維小人草偃由君子風行上有道揆斯下能法守今若不將官用之器先求一律又何以風示齊民故官用之器期以二年全行新制若商民所用改之太驟恐積習難移轉成虛飾遲之過久恐相安無事又至愆忘擬期以十年將舊章全廢十年之中先於第一年內將各省府廳州縣城鄉市鎮最通行之舊器酌留一種再於第二三四年內將各省城及各商埠所留之舊器全改用官器再於第五六七年內將各府城所留之舊器全改用官器再以三年之期使各廳州縣所留之舊器全改用官器而總以舊器准用而不准造及舊器與新器相差若干一一折算之辦法爲扼要之圖而且由官以及於商民由省會商埠以及於內地施之有序操之不蹙必使在下者無紛更之患在上者無阻格之虞而後整齊風俗之規乃不致爲刻覈厲民之政此又臣等斟酌推行章程不能

不倍加慎重之一端也然而中國向來所以不能畫一者固由廣土衆民自爲風氣亦以宋斤魯削絶少師承若非由臣部特設一廠凡各種度量權衡之器皆用機器製造專歸此廠發賣不能使式樣材料均歸一致考宋太宗時度量權衡皆由太府掌造以給官民之用實爲前事之師近代各國由官專賣者爲財政計則如日本之煙草普奥之富籤爲行政計則如英日之電郵法德之鐵路今臣部以專賣爲畫一之基固爲行政計而非專爲財政計矣此由臣部設廠專賣尤爲畫一制度最要之事也惟是立法雖在部臣行法則全資疆吏初辦雖宜寬假持久則要在精嚴故有虞五載而一正量衡月令一歲而兩平權概明代三日而一較斗秤卽各國之制亦有巡警以爲檢察有自治局以助稽查故能令行而禁止中國警察自治皆甫萌芽已有者尚堪相助爲理未有者豈能坐待其成祇可於地方官之外責成商會以爲樞紐庶易推行惟官商通弊尚有二者必宜慮及一則度量衡器縱極精良用度量衡器之人仍可意爲高下一則平制雖經釐定而銀色仍可低昂此非明定制幣不用生銀斷難有濟但幣制未能卽定亦當嚴束在官之人以袪前之弊偏設公估之局以袪後之弊至臣部所定章程如有於地方不便者儘可由各省隨時商改如果有奉行不善者亦當由各省實力嚴懲庶
聖主便民經國之大猷不至爲猾吏奸商之所阻此又不能無望於行政之人而預爲籌及者矣茲將臣等所擬度量權衡畫一制度圖說總表及推行章程四十條分繕三冊恭呈 御覽等因奉 旨會議政務處議奏欽此八月經內閣會議政務處議准覆奏奉 旨依議欽此宣統元年閏二月又奏於京城設立製造用器工廠請 旨飭下各將軍督撫都統督率藩司及勸業道竭

力奉行奉　旨依議咨行到吉當於勸業道署設全省度量權衡局二年又裁併於工料

飛行絕迹附車航萬里郵傳道路長電報電燈兼電話擴充西學究聲光

吉省衝要各地方多半已設郵政局惟僻遠之區尚未一律設齊訂有中國郵件寄費表郵政章程郵局快信章程日本郵政價目表又寄匯欵價目表又寄小包價目表宣統三年六月中國已將郵政收回自辦電報自光緒十一年北洋大臣李鴻章會同將軍希元奏略言吉林琿春地方逼近俄疆距省較遠驛遞文報動輒經旬設遇邊情緊急深恐貽誤事機現在津滬電綫已由營口設至奉天如再由奉天迤東設至吉林省城並達琿春非特邊務文報無虞梗塞即南北消息亦較便捷由總辦電報局盛道宣懷照津滬工程每里合銀六十五兩有奇計自奉至吉以達琿春二千餘里估需銀十三萬餘兩擬籌官欵十萬兩由滬關出使經費項下撥借銀五萬兩又由部借墊銀五萬兩在吉林防餉項下分作五年扣還其不敷之三萬餘兩由該道勸諭衆商集資相助分年由該商局繳還官本仍照提若干扣抵官報信資至常年局費修費均由商局自行開支　詔可於是設電報局於會城而琿春伯都訥亦各有所設十三年練兵大臣穆善圖奏請展設電綫至黑龍江　詔李鴻章經理其事十四年將軍希元奏免籌還前借出使經費銀五萬兩十九年總理衙門議准吉林與俄接綫以通洋報七月琿春

之綫遂與俄國那克斯地方相接綫道西界與奉天分自威遠堡邊門緣站道而東曰蒙古和羅站葉赫站克爾蘇站阿勒坦額墨勒站伊巴丹站蘇斡延站伊勒們站蒐登站以達會城都五百餘里自會城迤東曰烏拉站額赫穆站拉法站退摶站伊奇松站額摩和索羅站塔拉站必爾罕畢喇站沙蘭站以達甯古塔都八百餘里甯古塔迤南曰新官地站瑪勒瑚哩站老松嶺站薩奇庫站瑚珠嶺站哈順站大坎子站穆克德和站密占站以達琿春都六百餘里迤東而北曰金珠鄂佛羅站法特哈站登伊勒哲庫站陶賴昭站遜札堡站浩色站社哩站遜伯都訥達伯德訥站與黑龍江綫道接二十六年日俄之戰爲俄人借用三十年由外務部與俄交涉取回其總理爲皖中吳太守彝年相沿至今頗著成效宣統二年東北路道王觀察瑚以吉林東北至烏蘇里江口起蜿蜒而南至蜜山府計程二千餘里中經新設治之郡縣跨及臨江府綏遠州饒河縣虎林廳四屬處處與俄近接電報不通消息阻滯遇有緊要事故輒就近由俄電轉諸多不便呈請督憲飭東三省電報總局設法架立旋據詳覆需費十萬兩如能仿照前年吉省修築吉延秀哈兩綫成案由本省認籌則將來建築報房及各項附屬用費電局自當補助以竟此工否則此路電綫所經之地半多荒野將來報費所入與常年養路之費能否相抵尙無把握不得不愼重於先云旋由東督移知吉撫飭度支司籌議卒以費鉅欵絀未克舉行現又籌辦農長各綫按報凡四等頭等報惟軍機外務等部暨各省督撫事關軍國者發之二等局報三四等官報又有明碼密碼洋碼之分宣統元年三月郵傳部重訂收發電報辦法及減價章程電話即德律風光緒三十三四年間陸軍三鎭曹統制駐紮長春安設吉長電話以傳遞軍中消息

署道憲徐飭電報局總理吳太守接展爲官商民間之用曹統制亦極贊成允爲挂綫現吉省已有四百八十號吉長亦可通話訂有電話規則至電燈處先歸商辦設有公司宣統元年奉督撫憲批准收回官辦仍在東萊門外建築廠屋購置機器架設桿綫先儘城廂內外繁盛地方按圖布置餘俟逐漸推行除省城外長春哈埠亦有電燈現省局坐辦係洪觀察儒孫兼差又宣統元年春郵傳部聲明各省有電話電燈處所須將章程報部立案以資考核

文報專司不憚勞星郵毋慮站丁逃台尼堪久安耕鑿免役天恩乞例叨

宣統元年三月陸軍部覆奏內稱東三省總督徐世昌等片奏吉省驛站向分南北兩路照章奏派監督二員分司其事現在地方日闢舊設站所未能徧及傳送紆迴深滋不便茲於省城先設文報總局即委試署民政司謝汝欽督辦舊有之監督應請先行裁撤所有全省驛遞事宜概歸官局管理何處應設分局何處應置馬撥均著體查情形次第籌辦其向有各站皆暫不更動一俟某站文報已通即將某路驛站裁撤予限半年一律竣事先行奏報立案等因宣統元年二月二十七日奉　硃批該部知道欽此由內閣抄出到部臣等查東三省經兵燹後庶務繁興凡驛站各項事宜自應切實變通認眞籌辦惟是各省驛站錢糧之交

代官弁兵丁之責成如馬匹疲瘦公文破損及遲延沈匿折動洩露等弊議處議罪例章極爲嚴備是以臣部於光緒三十三年五月覆准奉天裁撤驛站改設文報局所案內以各局所員弁人等薪工既優責成綦重如遲延遺失等弊亟應嚴定章程隨時查察照例核辦先後奉　旨依議欽此欽遵咨行遵照辦理各在案茲據該督等奏裁吉林驛站監督仿照奉江省一律籌改自應照准竊思變法必貴乎因時而行政必期於盡善各該省所設文報一切經理員弁有何考成倘或浮冒錢糧廢弛公務宜如何辦理馬步各撥弁兵夫役係何等人格倘將文件拆擱延匿宜如何懲治該督撫經營伊始卽應懲前毖後思患豫防查照以上各情弊參酌例典嚴定章程切實核辦並將議訂辦法詳晰奏明咨部以資遵守而期久遠等因先是光緒七年銘安喜昌吳大澂會奏略言通計兩路站丁共原額丁八百七十五名續經添丁二百四十三名共額丁一千一百一十三名每丁牛一頭馬一匹共計牛馬各一千一百一十三頭不敷應差之用亟應添丁加額視驛站之衝僻定丁額之多寡擬請各站再添額丁三百六十七名仍照定章各置牛馬並餧養草豆銀又有撥地耕種者　純廟台尼堪詩註國語謂漢人爲尼堪康熙年間平三藩以其遺類守台因名曰台尼堪近年　皇恩浩蕩各役多免凡蜑戶惰民丐籍以及奴僕皆予開放則已裁驛處之站丁固已久安耕鑿與土著無異矣按驛站本屬兵司改省後隸於軍政項下旋改設文報局轄於民政司以趙司馬仙瀛爲局長宣統三年春遵部章裁併於勸業道之郵傳科

松花江接黑龍江華與俄人航業雙若恐利權多外溢

拖輪廣帶木蘭艭

宣統元年八月督撫會奏吉省籌辦松江上游官輪以興航業而顧江權一摺內稱竊查吉林諸水以松花江爲巨自長白山發源曲折而下達於省城再折而西北五百餘里至陶賴招站與東清鐵路相接再西三百里抵新城府又折而東北至三岔口與嫩江合流由哈爾濱以達於呼蘭三姓一帶固全省之經流天然之航路也惟是江流湍急民船暢行東清鐵路公司輪船由陶賴招泝江上駛以達吉林頗獲轉輸之利哈爾濱帆檣萃集俄輪尤多前督臣徐世昌前撫臣朱家寶思欲挽回江權因謀振興航業派員調查履勘試購輪隻於上年春間設官輪總局於哈爾濱設分局於省城分投經營以便商旅第下游地段綿長航運發達已久而陶賴招以上灘多水淺江路維艱首尾既不能相聯省城以下江程總局遂不遑兼顧上年冬間設松黑兩江郵船總局於哈爾濱以官輪局所製吉源吉瀛輪船兩艘及帆拖等船撥歸駛用專任下游航路江防本年四月間臣錫良業經附片陳明在案臣昭常以爲省城商埠尚未開辦情勢與哈爾濱不同既有俄輪往來而無官輪與之角逐非徒無以保商旅且將無以振江權復將省城官輪分局改爲上游官輪局以吉清輪船一艘拖船兩艘專駛由省至陶賴招一帶上年官輪開駛未久即屆封江本年夏秋以來信用日彰商貨闐溢現又由滬購造輪船兩艘運吉裝配加添拖船以圖擴充並飭勸業道妥議章程督同經理該局購輪造船至常年經費業由度支司籌撥濟用相應請　旨飭部立案作正開銷等因奉　硃批該部知道欽此按陶賴招即陶賴洲又名小城子上有客棧惟

輪船馬頭距東清火車站約七八里路極崎嶇風雨尤難行走視俄輪之泊畢家店另開一綫軌鐵道刻期用汽車送至火車站者勞逸懸殊若能鋪設輕便鐵路亦利商旅之一端也又節錄松黑兩江郵船章程吉省沿江航路二千七百餘里至臨江州止江省航路二千三百餘里至黑河止此其大畧也若從條分縷析之吉省界內之大川二曰松花江烏蘇里江松花江源出長白山順流至吉林省城經烏拉街錫拉河半拉山畢家店陶賴昭再下行三百里至伯都訥城今改新城府治再下百里即三岔河會嫩江合流而東又一百里至長春嶺五里坨再三百里到雙城界又一百六十里至哈爾濱以下過呼蘭河口經猴石至馬兒河巴彥蘇新店黑魚泡南天門三站直至三姓約六百里江勢直運駛便再下入魚皮達子界赫哲使犬部落之蘇蘇屯遠望烏爾古力山富克錦城抵拉哈蘇蘇之臨江州共約航行八百里迎黑龍江水同趨而東引烏蘇里直向東北經行二千餘里過廟爾入薩哈連海岔此松花江通流之航路也烏蘇里江其支源乃興凱湖其湖口東北流之水曰龍王廟子即松阿察河環曲三百餘里入烏蘇里江仍東北流一百六十里引蜜山府境大穆稜河同向北趨約四百里入臨江州境之撓力河蜿蜒東北三百餘里至俄之伯力俄駐總督於此計沿邊千餘里祇龍王廟穆稜河有華人村落其撓力河內之人借彼岸驛馬口又名厄瞞爲市距江十餘里即至火車站南至海參崴河口北至伯力江濱交通極便他日我若申公共領海之約彼此通航由煙臺渡海參崴登火車至松阿察烏蘇里江左岸移民實邊不數年皆成沃壤矣此又航業發達後擴充範圍之利益也按以上航路有專屬我領土權者有與俄土毗連者有航利屬之俄人者有我雖有航業尚未發達者欲

保我主權而注重國際之交涉固宜持大體愼邦交而後不貽外人以口實此又屬沿邊一帶關乎權利交涉之問題爲烏蘇里江通航之絕大關鍵也江省界內之大川推黑龍江爲巨擘其次則嫩江嫩江通航之區上自墨爾根城下行六百里至齊齊哈爾一名卜魁再環曲而南過富林爾磯至茂興站之三岔河口約一千二百里沿江兩岸鮮知耕種之業祇託網魚爲生以航業未興交通不便人民稀少致地多棄利也由三岔河會流而東左岸爲江省肇州廳呼蘭府巴彥州木蘭縣大通縣湯源縣右岸爲吉林省新城府雙城廳公田局三姓至臨江州止計沿江一千七百餘里華洋交衝商賈雲集如果着實整頓航業權利之收正在反掌間耳此又吉江兩省松嫩兩江合流航路之實在情形也又內分五科其工程科云松黑兩江航路水淺石多輪船往來時虞擱淺自吉林省城至陶賴招站僅四百餘里險灘已指不勝屈如蜜什哈烏拉乜什馬屯錫拉站城子楊家灘大魚屯五顆樹至畢家店江中險灘不下四十餘處下游一帶自靑山口靠山屯五家站浩色鷹山舍里站大小雅達洪三百餘里至新城府江面雖屬遼闊險灘仍復不少由伯都訥之三岔河東行入大通縣境三塊石江底石礁約十餘里由臨江州至萬里河屯險灘尤甚當詳細考察逐段雇工修濬以期船行無阻其餘修理輪船機器及建築船塢碼頭等事尤當會同航政科通共規畫總期臻於完善俾航業日益發達其防務科內云松黑兩江地屬邊疆人煙稀少盜匪充斥而吉林省城水路至半拉山三百餘里兩岸林莊尙密其下游至伯都訥之三岔河八百餘里曠野無人向爲盜賊淵藪左擾及長春農安郭爾羅斯公蒙古界內右侵害新城榆樹等府縣商民此剿彼竄出沒無常來往船隻受害甚多行旅幾爲絕迹

急當設水面巡警一區佐以淺水官輪一隻拖船兩隻備以砲位槍枝梭巡緝捕保護公安劃以陶賴招江邊爲根據地其嫩江通航之區上自墨爾根城下行六百里至齊齊哈爾省城再環曲而南過富林爾磯至茂興站之三岔河口約一千餘里亦設水面總巡一區淺水官輪一隻拖輪兩隻照配槍械以富林爾磯爲適中仍注重茂興站一帶緣茂興站爲開墾農民往來孔道舟車儧渡保護尤宜周密由三岔河會流而東左岸爲江省肇州廳呼蘭府巴彥州木蘭縣大通縣湯源縣右岸爲吉林省城新城府雙城廳賓州廳公田局三姓至臨江州止沿江一千七百餘里亦設水面巡警一區淺水官輪兩隻拖船四隻照配槍械以哈爾濱爲總匯此松黑兩江籌防之大畧情形也計吉省沿江航路二千七百餘里至臨江州止江省沿江航路二千三百餘至黑河口止凡網戶渡船帆船均歸本局保護遇有事故兩岸陸路防營巡警陸軍均須聯爲一氣江面阻擊盜賊陸路應即堵勦以收指臂之助但本科防務專指江面而言不與陸路防務相侵越各清權限而重職守其漁業科云本科爲地方提倡實業亦資爲補助航業不一端小民生計所在棄利於地雖沃壤亦同石田查松黑兩江產魚之盛實屬生利之大宗徒以地處邊外沿江漁戶常患匪擾不能安業而且習故蹈常凡捕養醃製新法絫不講求致以天然富有之出產歸於無用本局業設防務爲之保護復設漁業公司爲之倡導凡屬漁業一切事務均由本科籌議辦法極力改良總期開闢利源小民生計有資庶匪黨亦杜絕其羽翼等語又滬商朱江等購置輪船稟准在琿春一帶行駛藉收江海之利按中國訂有松花江輪船運貨章程又外務部與俄使新訂松花江航行約文及中俄訂立松花江航行貿易新條約

合將漁獵補農閒魚取諸淵獸取山執事轉移勞動力
不同無業溷八寰

吉省早寒農事半年已畢民間每從事於漁獵又有作苦力之一種自食其力終勝於無業游民

林業無妨裁撤一擴充者二變通三事歸實濟經猷煥
款不虛糜計學諳

宣統二年秋道憲黃稟督撫文略言吉省實業亟應興辦惟限於財力以致未著大效請將林業一局裁撤電燈處官輪局農事試驗場三處變通辦理而以節省之款擴充礦務墾務兩事等情當奉批准已將林業局先行裁撤矣以上勸業道

四路道暨府廳州縣　按吉省向少民官改省後經歷任督撫因地建官除各司外有四路道及府廳州縣佐雜教諭等員恍同內地但新官制一行必又有

裁改今紀其大略於此

地區郡邑佐員添守令親民六計廉四道分巡唐節度

邦交關稅一時兼

宣統二年五月撫憲批民政司呈請擬設佐治各缺文現議增設佐治各員首貴循名責實飭令會同各司審度各屬繁簡情形分別卽設酌設緩設並委用通章妥晰釐訂詳候核奪等因旋於行政會議處提議改從新制如警務視學典獄勸業主計等員何者必不能少何者可以暫缺以及如何任用如何籌撥經費由各議員各抒所見付司道等核議俟決定後再行宣布實行新設又四路兵備道皆兼交涉關稅分轄本路府廳州縣佐雜各員

旂務處蒙務處附　按光緒三十三年五月總督徐巡撫朱會奏以吉林現奉　諭旨改設行省所有各旂營事宜亟須切實調查以資考核札委民政部員外郎成沂陸軍部主事巴哈部等會同調查全

省旂務並將派定員司暨調查緣由札飭各司旂遵照暫借鳥槍營署作爲調查全省營務處於六月開辦又以吉省旂屬官兵安於舊習非先開通風氣諸政難期完善假巴爾虎門內觀音堂設立調查旂務宣講所欽遵　諭旨以開通風氣化除滿漢界限爲宗旨於八月開會按期宣講嗣因各旂營議願將旂屬所有官房地基租項和盤舉出創辦十旂公立學堂造就滿漢子弟以鑲黃正白兩旂署作爲學舍經提倡各員稟准開辦迨十二月間奏改吉林官制旂務暫不設司以舊有兵司與調查旂務歸併

改爲旂務處等因奉　旨允准在案設總理協理幫辦各一員公同籌畫全局一切酌擬大概辦法查照各司旂原送事宜參以新設官制並仿照奉天旂務處設科名目略事變通劃分四股曰儀制掌管朝賀典禮陳設祭品常年例貢例請旌表各事項曰軍衡掌管旂員升調補署軍政京察挑補兵缺驛站馬政各事項曰稽賦掌管旂屬官兵俸餉紅白卹賞隨缺地畝徵收旂地各項租賦添置牛具並田房稅契旂丁戶口三代册籍等事項曰庶務掌管調查旗丁職業貧富籌畫歸農勸學宣講籌辦實業並逐日

收發文件監用關防出納款項及各項雜務等事項
設正管股五員幫管股十一員額外幫管股一員其
兵司原有銅質關防咨部繳銷發給木質關防文曰
吉林全省旗務處之關防於三十四年三月啟用仍
就鳥槍營署改建衙署是爲吉林全省旗務處成立
之始旋改股爲科六月新會中丞抵任適總理開缺
協領恩慶因病呈請開差卽以原派之協理成沂幫
辦巴哈佈遞升爲總理協理並派調吉內務府員外
郎文彝爲幫辦宣統二年四月以道員慶山爲總理
文彝爲協理元年八月已將旗務處辦有成效會奏

立案又附奏旗務處附設蒙務處略云吉林西北兩面與郭爾羅斯前旗接壤近年東清南滿軌線縱橫該蒙旗適當其衝交涉事件日益增繁籌蒙實邊洵爲要政上年春間經調任撫臣朱家寶揀委候補道路榥卿前赴該旗調查一切迨臣到任與升任督臣徐世昌體察情形以奉省業已設有三省蒙務總局遂於上年九月間設立吉林蒙務處札委旂務處總理成沂兼辦不支薪水並派路榥卿爲協理酌設文牘繙譯等員復查調任撫臣朱家寶任內曾以蒙情錮蔽諸待開通札委政治調查局總理學部郎中馬

濬年編緝蒙話報藉以疏瀹蒙情而開智識嗣因蒙務既設專處亦即飭歸該處承辦以專責成此又附設蒙務處之情形也參攷檔冊及公署政書

滿蒙世族起風雲累葉簪纓競樹勳爲建八旂生計策開屯發自富將軍

吉省地介圍場本在封禁之列文誠公富俊四任吉林將軍垂十三年於嘉慶十九年再任將軍時疏言拉林西北雙城子所在土地沃衍應行開墾移駐京旂

仁宗命具試墾章程以進尋疏先於吉林等處閑散旂人內揀選屯丁千名每丁給銀二十兩籽種穀二石於拉林東南夾信溝地方設立三屯每丁撥給荒地三十晌每晌六畝有奇墾種二十晌留荒十晌種三年後晌酌交糧貯倉十年後移駐京旂蘇拉時將熟地分給京旂人十五晌荒五晌所餘熟地五晌荒五晌即給原種屯丁免其交糧作爲恒產一切農具耕牛分別採買於明春試墾如所議行二十二年調盛京將軍明年復調吉林將軍疏陳吉林站丁典賣與民地萬三千五百六十三晌請　賜額設站丁八百五十名每名十五晌九畝零作爲隨缺工食如所請行二十五年疏言雙城堡左右二屯屯丁到屯比屋環居安

士樂業又條陳中左右三屯未盡章程　從之且嘉其實心任事加一級道
光元年疏陳吉林屯田移駐京旗閑散章程如所議行明年授理藩院尚書四年
復授吉林將軍疏請每旗屯適中之地建設義學　從之又條上雙城堡移
駐京旗章程略云一移駐京旗大都無力覓工請將戶部應發銀兩俟抵吉林後
由將軍衙門備用銀兩項下發給一每年應修住房百間於本年冬間備料以省
運費　宣宗嘉納焉是年冬疏言吉林伯都訥開墾屯田奉　旨俟雙
城堡有効再議今雙城堡三屯辦理完竣移住京旂視爲樂土伯都訥圍場計二
十餘萬晌荒蕪既久地甚肥饒開種易而經費亦省視雙城堡事半功倍自應及
時籌辦如所議行初部議雙城堡移住京旂閑散隻身子房間牛種器具半分不
爲戶　命體察以聞疏言隻身閑散至屯種地無人炊爨及守扃並恐舉目
無親隨意游蕩且每戶應得房間等物半分不能適用應將隻身者不必拘有妻
室但有父母子女或伯叔兄弟等二三口均可作爲一戶照定章給予全分如所
議行尋　諭以籌辦屯墾不避嫌怨盡心宣力著有成效加太子太保銜七
年授協辦大學士　命來京供職有竇心傳者官知縣坐事黜來客於吉文
誠知其才可用雙城堡屯田多所規畫疏復其官富俊卒於東閣大學士年八十
有六贈太子太傅　賜祭葬謚文誠入祀賢良祠宣統元年十一月二十五
日新會中丞奏撥荒安置赫哲旂丁一摺畧言查有臨江州富克錦地方原有赫
哲四旂向以漁獵爲生不事生人產業近經該管官設法提倡始知學習種植五
穀而其生計之艱窘尤爲各旂丁之最復查臨江州屬蘇蘇屯富克錦州城烏蘇
里等地尚有未經放出餘荒與黑赫旂丁相近擬每丁撥給十晌以資開墾現據

呈覆鑲黃等四旂計四百三十九戶共計一千二百丁撥給寬荒一萬二千晌填發大照令其開墾今旣撥地領種自應責令歸農歲食餉糈亦應停止該丁等初習耕作開墾之初事事需人先導加以牛具籽種所費甚鉅若不預爲籌及則坐守荒田仍屬資生無策仰懇 天恩俯准由宣統二年起仍發給 恩餉三年以作農本用示體恤該處氣候較冷收穫旣少成熟亦難擬請由開齊之日起五年後一律升科現臨江州已改升臨江府富錦縣亦將設治此項歸農赫哲丁戶應照安置地界分別撥歸臨江府富錦縣管理該旂尚有佐領四員防禦二員驍騎校四員筆帖式二員應請裁撤援照成案俟有相當缺出酌量調補或予以外官出路其未經改就以前擬照江省裁缺成案給食京俸以示體恤至他處城旂能否推行再行奏請核辦等因當日奉 硃批該衙門議奏欽此二年四月二十五日經度支部會同民政部吏部陸軍部議准覆奏當日奉 旨依議欽此是年東北路道王觀察有三姓放荒新章亦籌八旂生計之一也

祀典尊崇祭品齊預儲簿記數堪稽
帝鄉土物依時貢鹿尾雕翎敬謹齎

吉省 祀典所載如長白山小白山龍潭山松花江以及昭忠祠名宦祠鄉賢祠節孝祠忠勇公多隆阿壯愍公伊興阿成勤公富明阿忠介公金順果勇將軍穆善圖忠靖公長順各專祠爲吉省特別之祀餘如 壇 廟各祀與各省同春秋兩祭祭品各如典禮由旂務處儀制科承辦至貢品有月貢歲貢萬

壽貢之不同由果子樓打牲烏拉總管吉林將軍三姓副都統各處呈進現將軍副都統總管等已裁由承辦之員稟承旂務處經理其貴物爲人蔘東珠貂皮其食物爲穀麥蔬果獸肉魚鮮之屬其用物爲箭桿樺皮骨角羽毛之屬其動物爲飛禽走獸之屬茲舉鹿尾雕翎以例其餘

勁旅分旂久駐防六城弓馬最精良改操火器研西法槍礮無虛勝挽強

吉省旂兵一萬名官弁三百餘員分駐各處向歸省城三姓琿春甯古塔伯都訥阿勒楚額六副都統所管而轄於將軍現將軍副都統已裁統歸旂務處經理自弓箭廢棄後各弁兵亦改習槍砲近日畿輔及本省新練陸軍均參用土著旂丁將來訓練有成不難追武 國初勁旅也

積粟無多請豁除不將紅朽涸邊儲義倉雖廢公倉在收納旂租俸有餘

吉省倉儲向有公倉義倉之別皆由旂丁交納公倉以備支給文員俸米等項之用義倉以備歉年接濟光緒三十二年將軍達桂以兵燹之餘各處義倉房屋多被折毀且旂地今已一律升科近年糧食又貴奏請此項倉穀永遠豁除惟查明未毀義倉存穀俱令變價以充餉儲自三十三年改行省後旂人應納租賦仍責

成旂務處經理彙解度支司其應需款項如官兵俸餉之類旂務處不能逕行支給移行度支司核發

生齒椒蕃俸餉微以裁爲益裕生機學堂工廠同時建教養兼施到十旂

吉林駐防滿蒙漢八旂戶口據光緒三十三年調查大共二十九萬四千七百十二丁口益以官莊台丁站丁二萬餘人統共三十餘萬人現又三年矣當歲有滋生丁口〔宣統二年調查計有四十餘萬人〕惟旂官俸餉微薄上至協領秩在三品歲俸不過六七十兩現經督撫疊次會奏除奏裁各缺外餘擬請缺出不補騰出之俸俾可酌加得力之員部覆已移變通旂務處核議卽以甲兵而論每月應領銀二兩尚須減平折扣故擬將年力合格之兵挑選陸軍近年酌提公產出息爲經費於省城設立十旂公立兩等小學堂滿蒙高等小學堂及工廠以資敎養按八旂益以漢軍及鳥槍營爲十旂與哲里木盟十旂之專屬蒙古者不同

滿漢婚喪禮各崇偶居漸漸染華風九重屢降融和詔姓氏冠裳願大同

滿漢婚喪禮節大同小異數百年來偶居無猜亦漸染華風矣自光緒庚子以後屢降融和之詔而成效未大著者則以婦女服飾不同且無譯成漢文簡明姓氏之故若略仿北魏錫姓及定服色之制使風同道一則不必日言融和而自然潛與之化況婚姻許其互通更無畛域可分乎

放荒設治代徵租鄂爾羅斯識遠謨百九十旂如一律豳風耕織入皇圖

吉省轄地如長春農安長嶺等處均係借蒙地以設治殖民與郭爾羅斯公前旂有密切之關係該公爵爲十旂盟長隸藩屬三百餘年安於游牧舊習崇尚佛教而政教窳敗其土地廣袤生荒居十分之七除長春農安等處已放生荒由漢民開墾成熟田四十餘萬晌外尚有大段生荒且境地爲南滿東清軌線所貫注者約地二千餘里如鐵嶺昌圖四平街公主嶺等處久爲日人所經畫拉爾基昂溪安達五站等處復爲俄人所侵略交涉日繁不可不先事預防然該公爵已放吉省各處設立郡縣屬奉天之昌圖亦已改府收租食稅不勞而至若全境皆放其利更無窮計內外蒙古共百三十四旂以及察哈爾青海厄魯特科布多等部統共一百九十九旂倘能一律開放導之耕織以爲養膽之詩書以爲教並分習工藝商賈使外藩同於內地則開墾實邊豈僅尺寸之效已哉宣統二年二月蒙務

處呈請轉商該公爵開放蒙荒文略言查郭爾羅斯前旂屏蔽北壁密邇吉林土地膏腴幅員遼闊富强之基甲乎各部之上只以畜牧相安猶是閉關時代致利權坐廢實屬可惜如職道槐卿往年調查所經塔虎城色克其卡倫等處尚有可墾沃壤二十餘萬晌前於調查事竣曾經繪具圖表以聞嗣設蒙務專處復經司員成沂商酌情形呈請勸放各等因在案當以該旂故步自封視開墾爲畏途未經舉辦自此天演競爭列强環伺以天然之利益變而爲盜匪之巢穴耕作裹足不前江省前已議及若再躭擱數年外人乘間干預不蹈延吉覆轍卽誘以金錢主義開門揖盜患何可言與其機宜坐誤何如及早圖維擬請憲台咨商該旂曉之以時局重之以利賴開墾則利在公家利在該旂荒蕪則公家之不利小該旂之不利大長春農安長嶺等府縣卽其已然之明效也反覆勸勉使之漸就開明再爲奏咨立案設局開辦實與國計民生實邊清盜各節裨益良多俟欵集有成再酌行新政而蒙務前途當不難措理矣旋派員前往磋商迄今尙未議妥

歐亞風潮各競强郭旂小志尙蒙荒藩封及早開行省

白嶺松江帶礪長

吉省介日俄之間亟宜籌蒙郭爾羅斯前旂尤關緊要惟融和滿漢不難而融和滿蒙漢則難亦在秉鈞者之力任其難耳余曾著有郭旂小志附刊於北京彙集木內

宗教紅黃派不同耶穌天主恐潛融語言文字如通漢
定識儒家孔聖崇
蒙古崇尚喇嘛教其教有紅黃兩派近日又有耶穌天主洋教流入邊陲似應多設義塾令其能通漢人語言文字則知尊崇孔子逃佛歸儒庶不爲他教所惑以上旂務處附蒙務處

軍政　按吉省爲八旂駐防地本有馬步及鳥槍水師等營旋以鬍匪縱橫光緒年間經督辦邊務大臣吳京卿及歷任希銘長達各將軍組織捕盜四十營三十三年徵有陸軍步隊之一協三十四年奏改捕盜營爲巡防馬步隊三十三營分五路巡防宣統二年經督撫會奏除前路駐防延吉一帶暫緩改編外

餘四路改併陸軍成鎮於十月朔成立參攷公署政
書通志邸抄官報

旂民一律練精兵新舊軍成共擅名步馬砲工輜重隊
改編成鎮始經營

宣統二年二月十九日督撫會奏爲統籌吉省邊防兵備情形請將舊有陸防各軍先行改編陸軍一鎮一摺内稱上略臣等身膺疆寄目覩時艱急遑萬狀閒嘗統籌全局以爲吉省至少非練陸軍三鎮不敷分布意以一鎮駐紮三姓臨江東北一帶一鎮駐紮延吉琿春東南一帶更以其餘一鎮分紮内地爲防剿鬍匪之用庶幾邊腹相聯緩急可恃惟吉省自經兵燹之後元氣久傷至今未復近年舉辦各項新政羅掘一空部定一鎮之兵尚難如期成立何能遽言三鎮論國防則嫌兵少論國帑則患兵多顧此失彼實難偏廢惟有懸此目的暫就現有之兵設法改編先成一鎮然後徐圖擴充以爲得寸得尺之計查吉省巡防隊向分中左右前後五路共馬步三十三營部章本有逐漸改編之議亟應遵辦現擬除前路各營駐防延吉未便輕動應以留爲另編一鎮基礎外即以中左右後四路連同原有步隊一協一並改編先成一鎮用更番抽調之法分期訓練務使操防兩無妨礙所有官兵薪餉擬請仍照吉省奏定變通章程以銀圓核發軍官暫按八成

發給軍佐暫按七成發給目兵以下仍照定章如數發給每年約需銀一百零七
萬有奇卽在吉省舊有陸防各軍常年經費項下移用爲數略可相抵其開辦時
應購軍械軍需之類除上年購存過山砲十二尊並各種槍械堪以留用者外約
需銀一百餘萬兩則擬就地籌畫分作兩年置辦以紓財力一俟邊局大定卽將
所留前路各營添招成鎭再作其第三鎭預備限以五年一律編齊現在計畫已
定卽先從改編一鎭着手恭候　命下之日卽行成軍相應請　旨飭下陸
軍部軍諮處暫行編定鎭數電咨到吉以便刻期舉辦而免延誤惟臣等更有請
者吉省度支非裕此次改編所需開辦經常各費均係勉力支持就地籌措固已
竭澤而漁嗣後續編二三兩鎭經費自應先期預籌以資動用現雖竭力搜羅業
已籌有一二的欵堪以指撥爲數究屬無多方擬推廣實業舉辦林礦諸政以盾
其後招商集股甫有眉目欲求成效尙需時日如託　朝廷威福得以如願而償
自可無須上煩　宸廑設或籌欵不足應否由部酌量補助則俟屆期再行請
　旨定奪明知正帑支絀中外同一爲難但爲邊疆籌久遠之計卽爲　國家
謀萬禩之安愼終於始不得不先慮及之等語又附片奏稱請以記名提督孟恩
遠暫充鎭統至協統以下官佐各員則以現充防營及原有陸軍一協官長暫充
五月二十九日經軍諮處會同陸軍部度支部核准定鎭數爲第二十三鎭覆奏
奉　硃批依議欽此現籌畫
一切於十月初一日實行成鎭

督練新軍處設三徵兵區域計丁男調查財政錢糧算

統計戎機表册參

光緒三十二年前署將軍達桂因吉林挑選旂營甲兵創設常備軍按照新軍軍制應於省會地方設立督練公所爰擇地於省城德勝門外鳩工興建並參仿北洋章程以本省將軍爲督辦以下設參議一員兵備參謀教練三處總辦各一員並於三處分設幫辦提調各一員文案各二員兵備處分設考功執法籌備軍需醫務九股參謀處分設謀畧調查運輸測繪四股教練處分設教育校兵二股每股設股員二員各分職掌於是年七月具奏奉 旨依議欽此此爲吉林有兵備處之始查兵備處原爲督練之一部分與參謀教練三處分立嗣於光緒三十三年正月准陸軍部咨以吉林創練常備軍僅止步隊一協遽援照陸軍一鎮以上章制設立督練公所未免稍涉鋪張應改爲兵備處就近督練以資經理而節糜費於是有三處歸併之議三月 詔改吉林爲行省五月總督徐巡撫朱會議以東三省陸軍應歸統一決定於奉天創設東三省督練處以吉林原設之督練公所併入並據參謀處總辦唐觀察啓垚酌擬歸併辦法呈請核定批飭將吉林督練公所改爲吉林兵備處酌留總辦兼理參謀教練事宜仍委唐道總理十二月督撫會奏議設東三省督練處並陳明試辦章程一摺奉 硃批着照所請欽此章程內開以總督爲總辦三省巡撫爲會辦設兵備參謀教練總辦各一員奉吉江三省各設幫辦一員分駐辦事三十四年吉省裁總辦設三處幫辦改各股爲各科宣統元年八月裁參謀教練兩處幫辦歸駐吉兵備分處兼理各科量爲裁併二月吉林重設督練分處二年春奉文參謀由軍諮處奏派當

派兵備處幫辦兼充六月督撫奏准改編成鎮十月朔成立參謀教練兩處亦先後分委幫辦三年春復設兵備處總辦現督練處參議爲楚北李公寶楚兵備處總辦兼督練公所參議爲皖中王觀察賡參議上行走爲無錫高公翔粵東張公天驥兵備處幫辦爲楚北陳公培龍參謀處幫辦爲湘省周公家樹教練處幫辦爲天津徐公世揚三處提調爲山東穆君恩堂其科員亦均酌復舊額蓋實行改編成鎮一切俱次第擴充也又二年三月間設調查陸軍財政局內分總務審覈兩股六月間設徵兵局均附於兵備處歸陳幫辦兼攝三年春遵章以調查陸軍財政局歸併兵備處又光緒三十四年八月於兵備處設統計宣統元年二月併於督練處又光緒三十四年總參議田鎮中玉請設稽查處宣統二年憲兵到吉裁去三十四年並請設陸防軍執法處宣統元年五月改爲陸防軍發審所二年八月改設行營發審處由吉林府兼充正提調委員發審附記於此

白山環繞富森林積匪跳梁窟宅深軍路若多開十字擒渠散脅定攻心

吉省素多鬍匪以森林爲巢穴經江右張翼長勳直隸孟督辦恩遠頻年勦辦將大股及著名各匪擒斬過半然根株尚未淨絕似應照昔年張文襄籌畫瓊州開十字路辦法則匪徒藏匿不易吉省客匪則張軍門勳向駐横道河一帶勦蜂蜜山鬍匪曾開列保案現已交卸翼長奉
旨統帶江防各軍駐紮江南之浦口

地方所部亦未駐吉境又陸軍第三鎮曹協統錕帶九標等營駐紮長春其府廳州縣本省又各設有游巡隊由地方官節制以保護所治之地宣統二年秋督撫會奏三省合兵警痛剿積匪本年督憲趙莅任又調各鎮兵合剿不難永除民害也

計里開方亦孔皆輿圖測繪更求佳陸軍小學先中學門弟高華貴胄偕

宣統元年二月三省督撫會奏籌設東三省測量總局一摺畧言伏查近世測量之學名雖沿自東西而實係倣於上古大禹用勾股之法分配疆域爲治水之根基周禮設職方一官掌理地圖辨邦國之要害誠以天下形勢非輿圖不明而輿圖本原以測量爲要後世治軍行政亦悉本圖籍以經營是測量事宜關係綦重矧今日處武力相競之世輿圖未能熟悉卽攻守無自運籌是以東西各國除所謂政治商業各地理外無不有軍用地圖用能策畫周詳指揮無誤究其軍用地圖之所自率由於測繪而來此各國陸地測量部所由設也中國土地遼闊從前於測繪一項未立專校致絕無精確地圖可資參考近年各省測繪學堂次第興起奉吉兩省亦於部章未頒之前在省會分設測繪學堂一所近將先後畢業該堂學生程度雖有不齊之處而學成同爲致用之材竊維東三省遠在東陲軍事之計籌界務之糾紛端賴有明晰輿圖餘若屯田置戍何處爲扼要之區設治墾荒何處爲適宜之地尤須實地測量始可參酌情形切實籌辦查南洋測繪學堂

畢業於上年奏准編成測量隊從事實測東省地域大於南洋形勢亦較爲重要
亟應援案辦理設局編隊舉辦測繪事業臣等擬將奉吉兩省畢業學生一百八
十餘人暫編測量一隊略仿日本陸地測量部辦法設立陸地測量總局統籌測
繪一切事宜祇以人數無多幅員式廓不敷分配擬先由吉林入手次江次奉斟
酌緩急次第測量並由臣等隨時督飭此項測量人員遵守部章認眞辦理期無
粗疏之弊製成精密輿圖惟是事體煩重統查三省面積約三百三十餘萬方里
當日本兩倍有奇然彼自明治十四年經營以至今日歷三十年之久費數千萬
之多已成之圖僅及全國之半東省雖兼程並進亦非倉猝所能竣功惟有嚴飭
該局隊員生等勤奮將事以仰副　朝廷軫念邊疆之至意至開辦及常年各經
費業經擬節豫算開辦費約需銀六萬餘兩其常年額支活支雜支各費除測繪
員生均按照前定章程由各營挑選應於各該營仍留底餉外約需銀六萬餘兩
均擬由三省合籌分成擬撥交支應處支發動用以濟要需而免延誤此項經費
應請作正開銷等因奉　硃批着照所請該部知道欽此又光緒三十二年正
月吉林將軍達桂片奏設立陸軍小學堂一摺二月奉　硃批練兵處學部
知道欽此爰擇地於西關外德勝街　欽使行轅舊址改建是年八月考取第
一期學生一百名九月開學又於堂內另設速成將弁一科由滿蒙漢八旂俸員
中挑選一百名一年畢業自胡統領殿甲始爲總辦後錢觀察宗昌唐觀察啓垚
汪大令德植王觀察金海李幫辦寶楚陳參議璩章挨次接辦宣統二年三月陳
總辦調充督練處正參議而以督練處文案張公天驥繼之現總辦爲管君計光
緒三十四年添招第二期學生一百名宣統元年添招第三期學生　百名本年

二月又添招第四期學生一百一十一名除第一期畢業學生五十三名遵章升送中學暨發往陸防軍見習現堂內肄業學生共三班二百八十三人分為日文
俄文兩班每年經費額支約銀四萬五十七百餘兩活支約銀三萬三千五百餘兩

製械待修機器廠椎輪還憶水師營礮臺飛艇新研究
那懼東方協約成

吉省機器局在小東門外光緒七年將軍銘安奏設以製造槍砲子藥築有土城二十二年將軍延茂於局內附設銀圓廠二十六年被俄兵占據機械多毀經將軍長順爭回仍行鼓鑄銀圓而槍子則已停工三十一年改為戶部造幣分廠兼鑄銅圓宣統元年於東院並設師範實業兩學堂十一月諮議局建議修復製造槍械子彈專供東三省軍隊未及實行二年七月以陸軍改編成鎮適分廠奉文停鑄改設軍械專局以駐吉軍械分局幫辦李太守慶璋充該局坐辦飭就原有機器附設修械司為修理槍砲添配子藥之用以供軍警兩界惟需欵二十餘萬兩尚在核實籌欵舉辦又順治十八年於吉林西門外松花江北岸設船廠東西一百五十九丈六尺南北十八丈凡水師製造船艦俱在此廠黑龍江船艦亦寄此製造康熙十三年設吉林水師營有總管以下等官水手匠役三百餘人戰船三十隻運糧船八十隻二十三年將戰船移往黑龍江添設槳船二十隻為捕打東珠採取樺皮之用三十二年添設划子船二十隻雍正八年裁划子船今僅留

額存之槳船數隻而已現東西各國講求建築各種礮臺日新月異近又於氣球內想出飛艇之法以備升高放炸彈下墜攻擊敵人並力求敵禦及破壞之術又議空界權限近年各國多締協約宣統二年日俄協約又告成矣中國現於武備外交日有進步東三省督撫極力整頓軍事自不難與列强競勝

量沙不必唱籌過策畫邊儲米聚多士飽馬騰兵食足酒酣得勝聽軍歌

宣統二年秋吉省陸軍成鎮因設陸軍糧餉局以官銀錢號總辦饒觀察昌麟兼該局總辦

餵養調良問政嚴金臺駿骨總非凡驊騮皆作衝鋒用陣馬追風繞不咸

宣統二年六月准陸軍部咨於張家口牧羣設北馬監所需補助費及遣員考查馬政費吉省應編一鎮應每年派解銀五千二百七十六兩有奇已由度支司於菸酒稅項下籌解矣以上軍政以上職官參考公署政書延吉邊務報告書通志邸抄官私各報及檔冊

聚珍書局印

吉林紀事詩卷四

豫章沈兆禔鈞平氏著並註　男世廉康校勘

人物

謹案通志吉林人物斷自唐始列李謹行等三人遼黃翩一人金伯赫等一百四十七人元鈕祜祿等十一人明王麒等三人至我　朝列費英東以次五百六十三人豈非山川鍾毓名世挺生翊贊　列聖之武功文治者耶其間世職忠義耆舊寓賢列女亦附見焉修志以來迄今十九年矣所應增入者又不知凡幾覘金源更過之紀不勝紀且恐桂一漏萬故於前代暨　本

朝各總紀一章以伸景仰

邊徼人才一代論明前唐後數金源女真滿萬强無敵

抗宋平遼卻遜元

名世山川間氣鍾滿蒙漢族盡從

龍邠岐豐沛

興王地人物推爲海內宗

以上人物見通志

金石

謹案吉金樂石考古者所資也吉林風氣初開搜羅不

易通志載婁石碑文而碑石已佚其可考者惟金得勝

陀以下十餘種此石之僅存者至金則不過出土之銅印金鏡且此種小件旋爲好古者攜去他人亦無從窺見則金石之在吉省豈非難得而可貴者歟雖然我朝開國以來至改設行省以往其間鴻猷駿烈遠過遼金與夫山川祠廟官廨學堂可紀者甚夥若以鉅製名書被之金石則亦徵前信後之作也是不能不望於當軸

屹屹豐碑得勝陀金源大定紀功多太原起義唐留碣頌仿前人亦不磨

得勝陀金太祖誓師之地也攷金起混同江按出水卽今阿勒楚喀地方金史太祖十三年始起兵攻遼先次寥晦城諸路軍皆會於拉林水進軍甯江州十月朔

克其城明年收國元年克黃龍府遂平渤海遼陽等五十四州此碑蓋大定二十五年追述太祖會軍拉林水時誓師之事碑在伯都訥廳北地名石碑嶺印額特赫格門高七尺餘寬三尺二寸正面三十行最長一行七十八字正書碑陰十二行女眞字額題大金得勝陀頌篆書趙可撰文孫侯書丹黨懷英篆額碑載大定甲辰駐蹕上都明年夏四月詔以得勝陀事訪於相府謂宜如何相府訂於禮官禮官以爲昔唐元宗幸太原嘗有起義室頌過上黨有舊宮述聖頌今若仿此刻頌建宇以彰聖迹於義爲允相府以聞制曰可

摩挲金石到關東螭紐龍文出土中銅印分明金鏡古欲將奇字問揚雄

福建陳昭令於沙闌北掘一鏡長四寸八分闊二寸五分四角皆委上凸下凹背有紐在其端中有篆文曰俗踊甯旁象二龍而各加劍於首一作水波紋康熙年間去甯古塔四十里之沙爾虎舊城掘一銅章傳送禮部大若州印面篆合重渾謀克印六字背左一行楷書如回文右一行刻大同二年少府監造八字按大同遼世宗年號而謀克則世傳金爵也今觀斯印則金爲遼屬國時已有斯爵後特廣之耳煙集岡今爲延吉府農民開墾得上京東京等路安撫司印賓州廳存彈壓所印背鐫興定二年皆金時物會城東北小城土人耕地得實山衛指揮使司之印背鐫永樂六年文篆作九疊按沙闌即闌沙其古城在甯古塔城西八十里

沙蘭河南岸以上金石見
通志及東三省地理志

物產

謹案禹貢備列土物吉林土膏沃衍百物豐盈稽諸志
乘已覺紀不勝紀矧尤不止此哉顧物產之要素不外
天然與人力二種吉省之實業尚未十分發達其物產
大約天然比人力爲多其地五穀皆宜而以膏粱稻黍
大小麥各種豆爲大宗近日出口豆歲至三百餘萬石
價值頓昂多種旱稻聞水稻亦可種若講求溝洫陂塘
洩水蓄水之法則穀產更盛凡稗子蕎麥荏薏脂麻大
麻玉蜀黍落花生之屬隨處皆有其蔬類以蘑菇蕨菜

爲佳菘有作球形者而三姓之蘿蔔皮紫瓤亦紫味勝水梨亦嘉蔬也其槍頭菜之即蒼朮苗杏葉菜之即桔梗苗歪脖菜之即沙參苗則藥亦可蔬至鷰掌菜山兒菜河白菜步連菜甜漿酸漿菜海藻龍芽灰蓧老槍菜一名俄羅斯松土豆種自朝鮮等菜皆他處所無餘若葱蒜韭䪥木耳石耳茴香秦椒菠薐蓼辛茼蒿茭筍山藥水芋甘藷馬鈴薯扶劍豆即刀豆黃花菜即金鍼暨蒿芹蕨薺蘿芥莧葵茄子擘藍之屬則與他處同瓜之類則有胡瓜越瓜絞瓜絲瓜甜瓜苦瓜瓠瓜香瓜黃瓜玉瓜東瓜南瓜北瓜西瓜之屬西瓜大而遲惜天氣早

涼食之者少冰天市人以火烘成瓜果花蔬出售價極貴藥之類以人薓爲最膏以進御而黃蓍赤芍罌粟柴萸玉竹車前細辛貫衆百合百布茯苓猪苓卷柏升麻防風益母萎蕤旋覆紫草黃精五味子五加皮一枝蒿四臺草翻白草天南星石韋柴胡穀精狼毒鍾乳地膚龍膽鼠尾老鶴嵩無名異與夫綠蒲碧艾黃芩之屬入藥者甚夥花之類則牡丹芍藥玫瑰海棠高麗菊萬年菊山燕支水粉花一支紅月季花荷花葵花草棉金盞鳳仙雞冠皆有但較內地遲開一兩月耳而閃緞花草芙蓉日奇花龍頭花醉八仙花金雀藍雀重樓金線等

花則爲此間之特産草之類以烏拉草爲賤而可貴至與珠薓稱三寶而淡芭菰之作菸檾麻之織布緝繩造紙紅根草亦可索綯皆此地之利源甯古塔地多蝦蕩蝦蕩者淖也淖不可渡中有結草如球車馬履之而過名曰塔子頭皆數千百草根裹泥聚水久而自成者也亦可雕作器用貓兒眼形似貓睛如意草形似如意馬鞭草形似馬鞭此草之狀不同青苔之厚有至數尺者莨菪草實食之令人狂走含生草可治産難皆草之賦性各殊者其他藍靛紅花萑葦蓼蘆之屬則亦無大異焉果之類則松子出於松樹之松塔列入貢品又枸柰

英莪烏立草荔支歐李子烏綠粟桃花水燈籠果法佛哈密孫烏什哈衣而哈目克皆與他果名奇狀異而勃臍生澱中八不知食蓮藕菱芡亦多有之至桃李梨杏棗栗櫻榴蘋果沙果核桃羊桃檳子榛子郁李葡萄山査柿子之屬則亦不遜於他州木之類以瑞樹神樹香樹雒常暖木夜光木明開夜合木六棱木東瓜木樺譌瓣索鈴木鑿子木鷄舌木爲特異而松柏樞榆桑樗柞欒杻槐楊柳楛楝椵楸杜李楓椿皂筴白桵樺木凍青茶條花柜皆極有用之材此穀蔬與瓜以及花草果木之產也若夫鳥獸山則有雕鷹鶻鵠皆鷙鳥也而海東

青特著名餘若雉鳫鶺鸎白翎紅料鷊鳴樹鷄鐵脚蠟
觜大眼孟鳥哥哥拙老婆白頭翁老羌鵲斑鳩麻雀春
燕秋鴻之屬常翺翔於林麓之間水則有鸛鳧鸕鷀浮
沉於萍藻此飛禽之可名者也獸亦分山水二類如陸
有馬果下馬闘西馬野馬驢野驢牛野牛犬田犬獵犬
番犬豹文豹⿰豸包豹旱獺豕白毿豪豬而水亦有海馬海
驢海牛海狗海貛海豹江獺江猪之屬而皮之貴者爲
貂狐載在土貢如貂鼠貂豽貂熊元狐黃狐白狐沙狐
除沙狐外皆極珍又有猞猁孫卽土豹豎銀鼠青鼠黃
鼠灰鼠鼲鼠鼯鼠豹鼠騷鼠豺狼虎貉熊羆羆惟奉吉

兩省有之熊則有八熊猴熊馬熊狗熊豬熊石熊之別又有麞麅麝麂麈麗麋鹿鹿則有湯鹿毛鹿馬鹿駝鹿合子鹿梅花鹿之分其餘家貓野貓跳兔白兔之屬皆皮之可衣者也至鱗介以鱘鰉牛魚鯨魚爲最大而鰋鯉鱖鯿鯖鯽味特美鱘鰉鯖鰋入貢鯖鰋鯽青魚白魚也餘若重脣縮項倒鱗之異發祿哲祿赭祿之同船釘鰯頭蝲蛄之細黃花黃鯝烏互路達發哈之殊以及鰱鱧魵魦鯇鰷鮎鱯鮠鱮鯢鰲種種更僕難數其黿鼉龜鼈蝦蠏蛟蛇亦聚於藪澤其昆蟲以家蠶野蠶蠟蟲蜜蜂爲最有用餘則螳螂蝴蝶蜻蜓蝦蟆蝸牛蜘蛛蜥蜴

蚯蚓蜈蚣皆有蚊則白戟爲害幸尚少惟夏日蠅頗多耳他若東珠寶石瑪瑙水晶松花玉緑端石之産於水金銀銅鐵錫鉛石炭火玉琥珀鹻焇之産於山地不愛寶採之不窮尤非他省所能及其人工所造者以布帛繩紙爲多綢緞綾羅學製初成尚不甚精緻各工廠所成木器漆器皮韡皮鞋軍衣軍刀手巾手套桌罩門帘皆頗有成績其酒食之入市者亦正不乏今各紀二三以例其餘若以天然之産加以人力更得大資本家以財力濟之則凡農林工礦漁獵畜牧諸實業不難與全球競勝矣詎不美哉參考通志官私各報

宋瓦眞堪作硯銘臨池經好寫黃庭會昌一丈松風石
樹影涼生綠玉屏

松花江金史作宋瓦江產松花玉色淨綠細膩溫潤可中硯材發墨與端溪同品在歙阮之右唐武宗會昌元年扶餘國貢松風石方一丈瑩澈如玉其中有樹形若古松偃蓋颯颯焉而涼飆生於其間盛夏置諸殿內稍秋風颸颸卽令撤去

光大圓勻五色珠媚川應月瑞潛符有時啄蚌藏鶩嗉
俊鶻沖霄擊得無

東珠出混同江及烏拉甯古塔諸河中勻圓瑩白大可半寸小者亦如菽顆王公等冠頂飾之以多少分等秩採珠者乃打牲烏拉包衣下食糧人戶合數人爲一起謂之珠軒以四月乘舟往八月回以所得之珠納之於官北盟彙編每八月望月色如晝則珠必大熟又有天鵝能食蚌則珠藏其嗉有俊鶻號海東靑者能擊天鵝人旣以鶻而得天鵝則於其嗉得珠焉甯古塔紀略舊城臨河河內多蚌蛤出東珠極多重有二三錢者有粉紅天靑及白色有兒童浴於河得一蚌剖之有大珠徑寸藏之歸是夕大風雨爲龍攫去

天然礦產五金推杞梓楩枏大廈材火玉水晶紅寶石
徧山炭質蘊層煤

吉省礦產素富茲據民立報載調查礦產計煤礦吉林府柳樹河子高家燒鍋喇叭蛟河半截河子歪石摺子泥球溝子濫泥溝子鍋盔頂子半拉窩鷄缸窰口前乃子山衫松屯長嶺子台子溝火石嶺葦子溝分水嶺通氣溝荒山子石碑嶺樺甸縣二道河子公郎頭紘子溝延吉府老頭溝頭道溝涼水泉子東關河嘴子稽查處賓州府西烏吉密高力帽山大靑山甯古塔綏芬廳佛爺溝滴道山大烏燒溝依蘭府巴蘭州湯旺河溝長春府陶家屯小河台大頂四道溝五常府缸窰林水曲柳岡太平溝老山頭雙陽山伊通州沙河子放牛溝四台子四角山磨礪靑半拉山門映壁摺子磐石縣呼蘭川計金礦吉林府樣溝子三道霍倫八道河輝發河古洞河太沙河二道溝木奇河華樹林夾皮溝南山半拉山門窩瓜地當石河扇車山駝佛別牆縫等處綏芬廳涼水泉五虎林黃泥河黃鹿溝小金山馬家大營牡丹江岸小綏芬延吉廳東西三道溝七八道溝柳樹河洒金溝西北岔靑溝蜂蜜溝依蘭府三道河子楸皮溝樺皮溝太平溝石門子黑背南線毛楊林岡賓州府烏吉密一面坡黑龍宮計銀礦吉林府柳樹河呼蘭川延吉廳天寶山依蘭府樺子山計銅礦磐石縣富太河朝面山石嘴計鐵礦吉林府牛頭山大猪圈磐石縣映壁摺子琿春廳稽查處計鉛錫鈊礦琿春廳吉林府呼蘭川濫泥溝大尖山等處計水晶礦吉林府西石摺子石道河帽兒山等處統共煤礦四十五處

金礦四十五處銀礦五處銅礦三處鐵礦五處鉛錫鉍礦三處水晶礦三處統總計一百十有八處其森林尤盛除大白山千餘里仍封禁外餘亦不可勝用火玉唐時扶餘國以之入貢又河內有紅寶石瑪瑙水晶之屬

燕飲芳辰入醉鄉鬱金佳釀九霞觴何如領取澄明酒花氣薰蒸骨節香

杜陽雜編唐時扶餘國貢火玉色赤長半寸上尖下圓光照數十步積之可以燃鼎才人常用煎澄明酒其酒亦異方所貢也色紫如膏飲之令人骨香

糕名飛石黑阿峯味膩如脂色若琮香潔定知神受饗珍同金菊與芙蓉

滿洲跳神祭品有飛石黑阿峰飛石黑阿峰者黏穀米糕也色黃如玉味膩如脂糁以豆粉蘸以蜂蜜頗香潔跳畢以此偏餽鄰里親族又金菊芙蓉皆糕名

稌粱色白黍穈黃木盌盛來稗子香旱稻易生殊水稻願分佳種到徐揚

稻一名稌有水旱二種南方下濕宜水稻北方澤土宜旱稻其種來自奉天近則種者甚多惟出伊通河一帶者爲佳粒長色白俗呼本地西西鮮雙聲蓋謂鮮云南方如徐揚等郡山田常苦旱似亦宜種旱稻粱說文禾米也吉省有白粱黃粱高粱諸種黍禾屬而黏者也其不黏者曰穈穈黃黍也甯古塔用以作餳釀酒打餻甚爲精美稗廣韻似穀而實細吉省名希福百勒塞米圓白如珠甯古塔以稗子爲貴非富貴家不可得列入貢品中

鷄骰蘑菇味最佳塔城籬下寄生涯可憐一卷秋笳集寫出才人遠戍懷

吳江吳漢槎孝廉兆騫以順治十五年流甯古塔二十餘載康熙辛酉赦回著有秋笳集其子振臣著有甯古塔紀略〔見吉長報〕甯古者國語六塔謂古相傳有老人生六子故以名其地楊賓柳邊紀畧云蘑菇有數種然倜莫大於猴頭味莫鮮於鷄骰往吳漢槎還病且死謂余曰甯古塔所居籬下產蘑菇今思此作湯何可得余竊笑之以爲所在皆有及余省覲東行乃知甯古塔蘑菇爲中土所無而漢槎舊居籬下所產又甯古塔所無者按生於榆者爲榆蘑生於榛者爲榛蘑卽古所謂樹鷄也又有凍青粉子銀盤蒿子扣子羊肚松花對子花臉蕨蘑白蘑黃蘑等名

雲豆名呼六月鮮吉祥菜似小兒拳黃芽白桿秋菘美

塞上園蔬一例編

雲豆俗呼六月鮮又海外白雲豆角長尺餘子如猪腰形蕨莖色青紫末如小兒拳俗名吉祥菜菘俗呼白菜肥厚嫩黃者爲黃芽白窄莖者爲箭桿白近有外洋

白菜最肥大葉深青色脆美無滓

藍雀花如金雀花翔風誤作鳳仙誇登高醉把茱萸看

翼尾身心差不差

金雀花形如小雀黃色藍雀花其花如雀有身有翼有尾有黃心如兩目或云卽茱萸花

毓秀鍾靈藥品殊色分紅白貢

皇都八形蔘勝高麗產不數千年何首烏

春秋運斗樞瑤光散而爲人蔘一統志吉林烏拉諸山中產蔫扈從日錄春中生苗多在深山背陰椵漆樹下潤濕處初生小者三四寸許一椏五葉四五年後兩椏五葉至十年後生三椏年深者生四椏各五葉中心生一莖俗名百尺杵三四月開花細小如粟蕊如絲紫白色秋後結子或七八枚如大豆生青熟紅自落冐

古塔紀略人蔘草本方梗對節節生葉似秋海棠生深山草叢中較他草高尺許生者色白蒸熟輒帶紅色紅而明亮者精神足爲第一等今醫家俱以白色者爲貴大謬枝重一兩以上則價倍枝重一斤以上則價十倍成人形者無定價產蔘之地設官督丁每歲以時搜採俱有定所定額核其多寡而賞罰之或特遣大員監督甚重其事又有以秧種者須俟六七十年後取之方佳按何首烏千年亦成人形

草履嫌堅撻草填細如絲線輭如綿性温若使爲衣絮利用功居吉貝前

甯古塔紀畧烏拉草出近水處細長温輭用以絮皮鞋內雖行冰雪足不知冷諺云吉林三樣寶人蔘貂皮烏拉草柳邊紀略護臘草履也絮毛子草於中可禦寒毛子草細若線三棱微有刺生澱子中拔之頗觸手以木椎數十下則軟如綿矣扈從日錄𩌄佗姑兒哈非烏拉草也塞外多石磧復易沮洳不可以履縫革爲履名烏喇烏喇堅足不可裹有草柔細如絲摘而撻之實其中草無名因用以名按烏拉草若以帶靑者除織床席桌席外並織成墊褥枕頭以草之撻過柔輭者實之價廉工省較臺灣之番席更爲過之似可爲此間增一出產

樹碧花紅映曉暾上京門外覺羅村楊梅橄欖櫻桃似

佳果纍纍畫譜存

甯古塔石壁臨江石壁之上別有一圓崗卽塔城一百里至沙嶺第一站有金之上京東門外三里有村名覺羅卽我 朝發祥地自東而北而西俱平原曠野榛林玫瑰一望無際五月玫瑰花開色紅而香可製爲餹有果名依而哈目克形似小楊梅而無核味絕佳草本紅藤生雜草中又有果名烏綠栗似橄欖綠皮小核味甘而鮮又有果名歐李子味甘而酸俱木本小樹

靈枝生樹瑞駢臻萬木星羅拱北辰體具八端枝十二葉莖各異勝莊椿

皇朝通考瑞樹產長白山自項至根合十餘丈大數百圍上分十二大枝莖葉各異具松檜白楊遮勒穆期紫樺白樺密克特白榆八種且生靈芝其上萬木環衛如星拱北辰非大椿八千歲爲春秋者所可比倫 純廟題有七言古詩

幹直枝齊九丈高

詔封神木

主恩叨春秋日共龍潭祭歲旱都能作雨膏

尼什哈山在省城東十二里山周十里高三百步一名龍潭山曰尼什哈者國語謂小魚也山之東北有河出小魚山因以名四面陡壁西北有車道盤旋而上至其顛雜樹交蔭希見太陽景南行百餘步路旁有小池石砌相傳謂鯽魚池北有龍潭周五十餘步水色深碧雨不溢旱不減周圍山高林密遮翳水面望之寂然以繩繫石投之數十丈未得其底潭西南有二石穴外狹內闊伏而入纔可容身無敢深入者探之黑暗有風又東南林內有樺木一株高九丈餘圍二尺上下標直枝葉蓊薈乾隆十九年　高宗東巡封爲神樹春秋二仲月與龍潭同日祭之凡大吏祈雨晴皆在是

朽木中宵自放光安春香共竹根香明開夜合金銀柳奇樹蟠根聚一方

塞北小鈔夜光木積歲而朽月黑有光遇雨益明移置室內通體皆明白如螢火迫之可以燭物以素瓷貯水投之火光澄澈殆夜光苔放光木之類歟吉林外紀香樹莖直叢生近山崖者有節名竹根香又安春香生山巖潔淨處高一尺許葉似柳葉而小味香長白山所產尤異均可供祭祀之用盛京通志明開夜合木一名金銀柳結子如花至冬不凋木理細潤

遼金釁起海東青玉爪名鷹貢久停
盛世珍禽原不貴每羅純白獻
天廷

宋史遼主每歲遣使市名鷹海東青於海上道出生女眞使者貪縱徵索無藝女眞厭苦之稍拒市鷹使者因起兵叛遼柳邊紀略遼以東皆産鷹而甯古塔尤多設鷹把勢十八名每年十月後即打鷹總以得海東青爲主海東青者鷹品之最貴者也純白爲上而雜他毛者次之灰色者又次之旣得盡十一月即止不得則更打至十二月二十日不得不復更打矣得海東青後雜他鷹遣官送內務府或
朝廷遣大臣自取之送鷹後得海東青滿漢人不敢畜必進梅勒章京若色純白梅勒章京亦不敢畜必送內務府凡鷹生山谷林樾間率有常處打鷹者以物爲記歲歲往無不遇視其出入之所繫長繩張大網晝夜伏草莽中伺之入不得行行則驚去按海東青羽族之最鷙者身小而健其飛極高一日飛二千里能擒天鵝搏兎亦俊凡鷹鶻雕鶚皆有窠巢多緣峭壁爲之人不能上惟海東青從未見其巢輟耕錄載演雅言海東青羽中虎也燕能制之羣集緣撲即墜以小制大物性往往如此亦猶黃腰啖虎之類也遼有頭鵝宴其天鵝亦由海東青擊取

雕翅如輪擊力强火眸鐵爪喙鉤長颺風便有凌雲志

能逐鷹鸇捕鹿麞

盛京通志雕似鷹而大色黑出甯古塔諸山其品不一上等色黑者曰皂雕有花紋者曰虎斑雕黑白相間者曰接白雕小而花者曰芝蔴雕羽宜箭翎雕之最大者能捕麞鹿甯古塔紀畧雕極大而多但用其翎毛爲箭黑斤富者則以雕翎蓋屋隨鑾紀恩云雕狀如鷹而大倍之翅若車輪爪同鋒刃雙眸噴火長喙反鉤飈風有凌雲之志鷙鳥之雄也按雕翎入貢以飾箭京都貴人士大夫用以作扇價頗昂貴

草煙薰穴網金貂衣製輕裘侍

早朝着水不濡風更暖雪花點上自然消

扈從日錄貂鼠一名松鼠喜食松子在深山松林中其窟或土穴或樹孔捕者先設網穴口後以草芻燒煙薰之貂畏煙出奔卽入網柳邊紀畧又有縱犬守穴口伺其出而齧之者紫黑色毛平而理者爲上紫黑而理密者次之紫黑而疏與毛平而黃者又次之白斯爲下貂與大狐等每皮價四五錢拔槍毛爲帽脊背曰鑽草臀曰坐草腹曰拉草鑽草紺色上也坐草黃色中也拉草灰色下也爲被褥則不拔槍毛槍毛卽鋭長而黃黑色者出魚皮國者佳歲至甯古塔交易二萬餘而貢貂不與焉本草貂鼠大如獺尾粗毛深寸許用皮爲裘帽風領寒月服之得風更暖著水不濡點雪卽消亦奇物也

海龍江獺作裘溫土豹還披猞猁孫何似野人殷獻曝

扶桑日出射

天門

柳邊紀略海龍皮長三四尺闊二尺許毛視海豹稍長純灰色江獺出混同諸江

江猪形似狗而小長尾色青黑亦有色白者可爲裘領盛京通志猞猁孫即土豹

類野貓而大耳有長毫白花色小者曰烏倫

事物紺珠猞猁孫黃黑色其皮可裘出女直

鹿麋夏五各成茸產自關東瑞所鍾角解仲冬原是麈

萬幾清暇辨從容

高宗御製詩註長白山崇地冷鹿以夏月山中避炎至秋冬乃成羣就暖

向盛京圍場而來月令謂仲夏鹿角解仲冬麋角解今試之則木蘭之鹿與吉林

之麋無不解角於五月已知月令之訛後見南苑所育之麈實於冬至始解角蓋

古人不辨麋與麈耳經文不可易因改正靈臺時憲並爲鹿角解說以訂其誤

魚皮柔共獸皮誇五色相鮮映日華裁作衣裳爲襪線

天留文錦與漁家

盛京通志達發哈魚甯古塔三姓琿春諸江河有之秋八月自海逆水入江驅之不去充積甚厚腹中子大如玉蜀黍取魚晒乾積之爲糧土人竟有履魚背渡者扈從附錄又名打不害肉疏而皮厚長數尺每春漲溯烏龍江而上入山谿間烏稽人取其肉爲脯裁其皮爲衣無冬無夏襲焉日光映之五色若文錦柳邊紀略大發哈魚一作打發哈子若梧桐子色正紅噉之鮮水耳其皮色淡黃若文錦可爲衣裳及爲履爲襪爲線本產阿機喀喇走山及甯古塔之貧者多服用之按烏稽達子一名魚皮達子以魚皮爲衣柔輭可染今虎林廳饒河縣一帶以達發哈魚歲銷與俄爲出口貨之一大宗

秦王最大列

天筵鮒鰋鯔鯖等小鮮敲凍不妨探水底叉魚夜火燭冰天

鱘鰉魚金史作秦王酉陽雜俎作秦皇巨口細睛鼻端有角長丈許至數丈重三百斤至千餘斤鱘遂名色里麻魚鰉即鱣肉白脂黃遂名阿八兒魚今出混同江鼻端有鬚口近頷下雖鱗色不同而形體相類故統呼鱘鰉又名阿金魚此魚今入貢鮒即鯽魚大者重至三斤鮮美不可名狀白魚爾雅鰋吉林產者最佳珍爲美品鯔狀如青魚身圓俗呼柳根鯖青魚亦作鯖魚以色名也甯古塔最多吉林濱江各處冬時河水盡凍厚四五尺夜間鑿一隙以火照之魚輒聚於一處以鐵

叉叉之必得大魚今吉省諸河冰魚最著尤以白魚爲最美漁者於江旁各作池夏秋所得畜諸池內入冬鑿取出水即冰官斯土者市之遠餉京師其味之鮮若新取諸網

人魚形狀似獼猴東海騎鯨更釣牛七里性同烏互路
蛾兒飛出入江流

鯢即人魚似鮎四脚前似獼猴後似狗聲如小兒啼即東海之鯷魏武帝四時食制東海有大魚如山長五六里謂之鯨鯢曹廷杰日記東北海口有大魚長二三丈大一二圍頭有孔如江豚涉波孔中噴水高數丈訇然有聲可聞數里黑斤濟勒彌通呼爲厤勒特魚每於水漲大作時乘舟持叉躧捕魚出水即以叉擲之叉尾繫長繩俟魚力困憊牽至江沿出之牛魚狀似鮪頭略似牛契丹主滔爾河釣牛魚以占歲混同江虎兒哈河皆有之或云即鱘鰉是一是二存以參考曹廷杰日記烏互路魚七里性魚皆逆海入混同江黑斤濟勒彌人不知歲月皆以江蛾飛時爲捕魚之候江面花蛾變白蛾時值五月烏互路魚入江青蛾初飛時值六月七里性魚入江其至也三四聯貫逆流而上轟波噴浪勢甚洶洶魚日行可六七百里黑斤人於江邊水深數尺處多置木樁橫截江流長二三丈或四五丈亦有作方城形虛一面無樁名曰閟横平置水面下繫以袋網次日操小舟取之每一閟橫可得魚數千斤

石溪水淺樂依蒲二寸嘉魚號蝲蛄形似蟹蝦螯甲異

奇名哈食馬拉姑

扈從日錄哈食馬拉姑水族也似蝦有螯似蟹無甲長寸許產溪間盛京通志蝲蛄蟹身魚尾澤畔石下有之絕域紀略刺姑魚身如蝦兩螯如蟹大可盈寸擣之成膏寗古塔紀略生於江邊淺水處石子下上半身似蟹下半截似蝦長二三寸亦鮮美可食蓋一物而紀者稱名微有不同耳

郭索雙螯若舞戈琿春巨蠏本殊科花紋可似金錢豹

圓徑量來二尺多

吉省地多寒而琿春較暖海蟹頗大而腥有虎皮金錢諸名其大者圓徑可二尺餘江蟹至秋味腴紅色大如椀

蚊少蠅多塞外同蝶如掌大舞迴風蠶絲蜂蜜蟲成蠟

利濟民生造化工

窩稽蚊蝱白戟之類攢囓人馬幸尚少惟夏日蒼蠅較多爲可厭耳山中蝶大如掌彩色斑斕子即山蠶也山蠶一名槲繭放之榆柞及蒿柳等樹春秋收繭練絲

爲細又有綠繭多生杏條上筍扣用之甯古塔初不知養蜜蜂有樵採者於枯樹中得蜂窠已釀成蜜漢人教以煎熬之法地始有蜜今吉省有白蜂蜜蜜脾蜜尖貴家購以佐食唐宋以前所用蠟皆蜜蠟其蟲白蠟自元以來人始知之蟲大如蝨芒種後則延緣樹枝食汁吐涎黏於嫩莖化爲白脂乃結成蠟狀如凝霜處暑後則剝取謂之蠟渣刮其渣煉化濾淨凝成塊即爲蠟吉省黃白蠟皆產漢人燃蠟燭滿人亦漸效之以上物產參考歷史通志邸抄官私各報

雜俎

謹案通志有志餘一門以書成得事與言之無可比屬者仿臨安志紀遺之例綴諸簡末今殿以雜俎亦志餘之意云爾

白傅佳篇易一金香山詩價重鷄林如何
帝陛賡歌後寂寂卷阿未矢音

唐書白居易傳鷄林賈人求市其詩集頗切自云本國宰相每以一金換一篇其僞者宰相輒能辨別之　高宗御製吉林覽古詩亦及其事註鷄林即今吉

林

初設民官顧最良明刑弼教並巡方鴻泥迹往蜂衙改
留得名題敬簡堂

吉林分巡道署在會城東隅通天街光緒九年秉按察使銜分巡道吳縣顧公肇熙建二堂額曰敬簡堂有題名記畧曰　國家龍興茲土入關定鼎凡守土之官多仍前明之舊吉林亦嘗設州縣矣未幾改罷爲理事同知通判迨光緒七八年間始次第設地方官比諸行省府一曰吉林廳五曰伯都訥曰賓州曰五常曰長春曰雙城州一曰伊通縣一曰敦化而以分巡道轄之肇熙適承乏首爲此官職在考察羣吏政教之宜民與否課其殿最於鎮守將軍而進退之地方千數百里民風土俗不齊府廳州縣之官寬猛張弛或異其用苟非因地因人隨時隨事以審其宜則是非毀譽易致殽亂立一法本爲興利也而斯民或承其弊後之人追議其失必曰自某某始詎非官斯土者之羞乎夫今之巡道猶唐之觀察使也唐時每患觀察使賦稅苛急使刺史縣令不得其職不安其官今吉林以邰邠舊封賦稅輕於各行省數倍十數倍不等有司無苛急之患而澤猶不逮於民無乃察吏之法有未至歟然如呂叔簡氏所謂中怯外柔者固肇熙所懸爲大戒者也耳目或有所未周思慮或有所未及要不敢不推誠心布公道疏節闊目俾有司得優游敷布撫循斯民以仰副　聖天子圖治建官之意斯則肇熙之迂疏後之

君子宜有曲原之者識之於石亦時以自勉焉爾按顧公於光緒八年莅任在任三年時銘將軍奏設郡縣承流宣化多所建樹又撥荒田八千晌於書院義塾記中推誠布公數語實能行踐其言旋升臺灣布政使以去今改行省後四路道各任分巡省會巡道缺已裁其署亦改爲民政司署因紀其原委於此

北狩重還五國城徽欽無復望鑾迎劇憐金盌魚盆獻石晉黃龍共此情

聖武記三姓城在甯古塔東北五國城在焉即肅愼故址甯古塔而東三百里有依問哈喇土城即五國城敌地嘯亭雜錄五國城古稱五國頭城以地據五國總路之首得名後世沿訛但云五國城五國者滿洲源流考據遼營衛志譯作博和里國博諾國鄂羅木國伊埒圖國伊勒希國設節度使領之屬黃龍府遺址今在何所無所考乾隆中副都統綽克托築伯都訥城掘得宋徽宗所畫鷹軸用紫檀匣盛瘞千餘年墨迹如新又獲古瓷數十件並得碑碣錄徽宗晚年日記云於天會十三年寄迹於此又金史天會六年徙昏德公重昏侯於韓州八年徙瑚爾哈路查韓州爲金北面城瑚爾哈路即今三姓南一百七十里小巴彥蘇蘇春渚紀聞晉出帝既遷黃龍府遼主新立召與相見帝因以金盌魚盆爲獻金盌半猶是瓷云是唐明皇令道士葉法靜治化金藥成點瓷盌試之者魚盆則一木素盆也方圓二尺中有木紋成二魚狀鱗鬣畢具長五寸許若貯水用則雙魚隱然涌起頃之遂成眞魚覆水則宛然木紋之魚也遼史太祖平渤海次扶餘城有

黃龍見於城上更名黃龍府爲今之農安縣等處地方

土黑翻疑劫後灰秋墳唱出有餘哀邊庭誰與題碑碣

二聖三靈共一坏

東三省輿地圖說載曹廷杰二聖墓說甯古塔西南沙蘭站驛路旁有大冢俗呼二聖墓向疑爲宋二聖所葬之處然考宋史建炎元年四月金人以二帝北去由滑州至燕山館於延壽寺十一月遷於霫部二年八月命二帝赴上京見金主於乾元殿徙之韓州四年七月徙二帝於五國城踰月太上皇后鄭氏崩紹興五年上皇卒於五國城年五十四遺言欲歸葬内地金主亶不許九年七月皇后邢氏崩於五國城十二年春二月金主以何鑄曹勛之請許歸徽宗及鄭后邢后之喪與帝母韋氏八月至臨安十月攢三喪於會稽永固陵二十六年六月靖康帝卒於金乾道七年三月金葬欽宗於鞏洛之原是徽宗之喪明己歸宋惟欽宗葬金鞏洛之原不知何地故未敢斷旋檢圖書集成坤輿典第一百三十二陵寢紀事輟耕錄載至元二十二年乙酉八月楊髡發陵之事十一月復發徽欽高孝光五帝陵初徽欽葬五國城數遣使乞請於金人欲歸梓宮凡六七年而後許以梓宮還行在高宗親至臨平奉迎禮官請用安陵故事梓宮入境即承之以槨仍納袞冕翠衣於槨中不改斂從之至此被發掘徽欽二陵皆空無一物徽陵有朽木一段欽陵有木燈檠一枚而已二帝遺骸固浮沈沙漠初未嘗還也乃知向疑二聖

墓即二帝所塟之處者可以徵信不疑光緒十一年游俄界由渾春至吉林道經張廣材嶺即塞齊窩稽嶺東極峻有道盤旋而上寬約二丈餘馱夫告余曰此道開闢最久金人令宋人修治以奔喪者余詳視形迹默識於心以宋史二聖既已南歸又有此道爲奔喪之路則沙蘭道旁之二聖墓豈當日厝塟之處相沿而傳至今與玆閱輟耕錄載發陵之事則二聖墓實即徽欽二聖之塟處其當日所歸之櫬蓋空櫬耳然則沙蘭二聖墓亦當即鞏洛之原其處距鄂多哩城不過四五百里實隸我　朝發祥之内特誌於此以俟博雅君子考訂焉又塔城西南七十餘里有三靈墳形如三冢相併據父老傳聞係渤海建國時后妃公主之墓而訛爲金女主墓云

十五年光遞冷山牧羊蘇武竟生還忠宣遺迹逢人訪額木舒蘭指顧問

曹廷杰冷山考宋史洪皓使金金人流遞冷山十五年方輿紀要謂山在故黃龍府北松漠紀聞甯江州去冷山百七十里又有謂冷山距會甯二百里者以地望診之黃龍府爲今之農安城甯江州爲今之烏拉城會甯府爲今之阿什河白城則冷山應在今五常廳山河屯巡檢地方界内北至白城約二百里西南至烏拉城約百七八十里又西南則農安城也又扈從日錄額木索赫羅站東北二百餘里爲冷山自必爾學必喇北望相去約數十里積素凝寒高出衆山之上土人呼

爲白山以其冬夏皆雪也松漠紀聞冷山去金都二百餘里去甯江州百七十里查額木索囉卽今張廣材嶺嶺東之額木索囉站現改額穆縣治之處金都卽今阿什河南之白城國語呼爲珊延和屯甯江州卽今之烏拉街據三處地望診之則今五常府東南舒蘭縣正東額穆縣正北之高山大嶺若土門子靑頂子九十九個頂子四合川合倫川一帶地方周約千餘里確爲冷山無疑洪忠宣公處此十五年曾以樺皮肄書且與陳王府鄰穴處者約百餘家

點將臺高映夕陽城留烏拉閱滄桑百花公主今何在
樹影猶疑豔幟張

陽湖談小蓮塞北叢談吉林之烏拉街有土城城內有臺高八尺圍百步相傳爲百花公主點將臺白花公主爲何人渺不可攷余曾倩友人錄其碑記文詞蕪陋卒莫知其所自考之舊史烏拉昔爲一國與滿洲國對峙
本朝龍興時始舉族歸順所謂百花公主者蓋亦有之

合邦日已併三韓海國脣亡懍齒寒箕子遺封同守府
空留貢道認江干

宣統二年夏秋間日韓合邦吉省壤地相連對付更宜留意往時朝鮮入貢由義州渡海取道奉省之鳳凰城北上

先正虔薰一瓣香春秋佳日聚官商遼東亦有三江水
權把他鄉作故鄉
吉省三江會館在東門內臨江面山風景與第一樓埒光緒十八年令黑龍江提法司秋公桐豫與今伊通直隸州汪公士仁等募捐倡建爲浙江江西江蘇安徽三江官商聚會之所春秋兩大會議商一切並有義園義地以安旅櫬館祀王陽明文信國范文正朱文公諸先正於一龕從鄉望也

花卉翎毛繡服間扈從春水與秋山頂珠腰玉今猶昔
女直衣冠制未删
金人胸臆肩袖飾以金繡其從春水之服則多鶻捕鵝雜花卉之飾從秋山之服則以熊鹿山林爲文均若今之花衣補服於方頂循十字縫飾以珠其中貫以大者謂之頂珠束帶曰陶罕玉爲上金次之即今寶石珊瑚各項戴與金玉帶之制

金俗仍然尚白朝道家裝束裹消遙鐵圈繡帛單裙罩
卻似西人愛細腰

金俗尚白婦人衣大白襖子下如男子道服頭裹消遙巾裳曰錦裙去左右各闕二尺許以鐵條爲圈裹以繡帛上以單裙籠之與今之八旂衣服不同卻似西洋婦女之飾

高髻蓮臺新嫁娘領巾手帕繡袍長出關北地燕支豔學得旂妝卸漢妝

關外婦女多作滿妝

牌子書完檔子穿案房不慮絕韋編谿山製出揮毫便削簡追思寫木前

邊外文字多書於木往來傳遞者曰牌子以削木片若牌故也存貯年久者曰檔案曰檔子以積累多貫皮條挂壁若檔故也然今之書於紙者亦呼爲牌子檔子矣夏秋間土人擣敗絮入水漚之成毳瀝蘆簾勻暴爲紙堅韌如韋謂之谿山

慈善權輿紀石熊捐田捨宅古八風從來公益心推墨

壽婦居然暗與同

吉林外紀會城內雍正年間有壽婦石熊氏年九十餘好善樂施無子嗣將住宅改爲功德院遇冬貧民老幼廢疾無衣食者什院依歸晚間熱炕日飼粥飯至四月朔止壽至百齡生前將家有良田盡施於院招德行僧經管永遠奉行迨氏身後民感其德於院內殿之西隅另建一間塑像奉事香火相沿至今冬間貧民赴宮署挂號送院收養

江干石壁夜光初徑寸明珠寄大魚烹熟偶從頭裏得

防風有骨共專車

甯古塔紀略江之南有寮兒河溪噶什哈必兒汗此處水極深上有崇崖插天其地背陰日光不到亭午亦不甚明爽然一至夜轉有光照石壁石壁皆紅土人甚異之一日漁人捕一青魚大盈車載以入城江右徐定生以青布一疋易之先取魚首煑之既熟剖得紅色珠如彈丸紅光猶寸許鬻之得百金轉貫京師得二千金此後石壁遂昏黑無光

下瀨輕舟鏡泊過牡丹江上鷓鴣歌味甘色白人瀠水

精力能增飲此河

敦化縣境有虎爾哈河即鏡泊下流今稱牡丹江闊二十丈其水色白味甘飲之益人精力又北盟彙編其歌則有鷓鴣之曲但高下長短鷓鴣二聲而已

肆筵珍錯萃東方熊掌魚脣俊味嘗哈什螞油添食譜

蟾蜍照影月之光

吉省山珍海錯極多熊掌魚脣常以之燕客又山哈多伏巖中似蝦螞而大腹名哈什螞俗傳此物飲蘯水食蘯苗取其油以作羹於養生有益曝乾寄餽遠方頗爲珍異

莫謂鷄林少竹枝才人塞上補新詞雪痕嗣響秋笳集

珍重歸裝數卷詩

吉林向少竹枝詞番禺沈南雅江都吳夢蘭兩君博雅士也見余有記事詩之作亦訪求此間風俗徵題竹枝詞不足則擬補成之並將數月以來與　新會中丞暨同人唱酬各什彙刊塞上雪痕集又搜羅關外詩詞選入所創京師國學萃編社之湖海同聲集內當世如兩君之憐才愛士提倡風雅亦足多矣

萬古輿圖不改方白山黑水試參詳欲將地理重刊誤奢願同存未易償

曹蘇卿觀察精於輿地之學當吉林通志初成閱輿地一門未竟已指出訛錯處二百餘條近見余所註紀事詩搜羅尚富擬約同修吉林地理刊誤一書然事冗費絀此願正未易償也

百萬開先籌鉅款五條善後濟奇災改良建築參新法保彼東方仗吏才

民立報本年六月朔載總督趙次帥對於吉省大災深切廑念已籌款百萬兩札委糧餉局王觀察荃本爲工程總辦翁大令羣爲工程總委員酌修官署民房以復舊觀又派奉天民政司張貞午司使元奇赴吉調查災情襄辦善後聞會議草成辦法五條一開鑿城濠以洩街溝之水〔因建造馬路必濬街溝若溝水入江有礙通城飲料故另開濠以暢溝流〕二建築跨街風火牆略仿南中辦法每隔商店五十家或百家輒造一牆牆之高度必出街屋之上中闢爲門以通行人牆頂平砌面以三尺爲度三修沿岸江隄此次火災即由西門延燒緣江沿架木爲岸致遺火四然前年大水撫帥即擬着手此事以防水患今哈埠亦已築隄吉省

宜仿此辦理四設勸業場必擇城市中心點宜先覓定基址五改寬街屋丈尺將已繪之圖再切實履勘通盤籌畫以便營造等因竊謂除多建甎瓦屋外應造樓房開窗通空氣地低者塡高並酌留空曠地方尤不可任其搭蓋蘆席矮屋若限於地方則東北西三門可以擴充對岸江南亦可經營不獨能辟水火之災於衛生亦極有益不致常有時疫此詩與民政項下消防一首參看

益智無形閱報功編成白話啟顓蒙通衢貼徧憑人覽讀瀍懸書古意同

東西各國以地方閱報之多寡爲人民進化之深淺吉林省會有自治日報附白話一種取便兒童婦女及文義粗淺之人現改爲旬報長春有吉長日報現仍遷還吉林搜羅尚廣此二報由官提倡而歸商民自辦者也此間通衢徧貼報紙立法殊善若再加精細畫報則牖人更易哈爾濱俄人開設遠東報館其報紙亦可以資參考以上雜俎參考歷史通志官私各報

吉林紀事詩卷末

豫章沈兆禔鈞平氏著並註　男世廉 世康校勘

後序

余等同懷兄弟五人姊二人一適會稽吳松舟贈君一適陽湖瞿蕚馨太守鈞平兄居長祚二禕三祉五其四祇則早殤少孤禕祉年最穉嘗問業於兄一燈共讀怡怡如也光緒三年丁丑兄受知於學使震澤吳望雲祭酒補博士弟子員五年己卯科鄉試中式舉人房師爲鄞縣董覺軒大令座師則錢塘汪柳門歷城吳爕臣兩侍郎也以經藝進呈時二兄祚已改習度支旋歷膺院

司聘後數年褘與祉相繼游庠食餼　毋邱太夫人以余等尚能繼　先大夫子宜公之志心爲之慰兄平日講陽明致良知之學嘗曰能以理學發爲經濟者明之王文成今之曾文正也即王荆公之在北宋能以學問文章施之政事若非同朝水火其新法必大有可觀者至墨子兼愛摩頂放踵利天下爲之實含有公益性質與禹稷之飢溺關懷相近亦詎可厚非西人之慈善事業暗與墨合可見大公之理古今中外同符故存心行事一以忠恕爲歸而出之以誠律己和而介人不可干以私弱冠游諸侯之庭以館穀奉菽水屢赴春官試薦

而未售十四年戊子春奉　母諱卽無意功名二十四年戊戌褘以丁酉優行貢成均祉以是科鄉舉偕兄赴京應試會試後舉行大挑兄得一等以知縣籤掣江蘇到省分甯始在發審局及陸師學堂當差二十七年
詔行新政江南設派辦處方伯爲今陝撫恩藝棠中丞妙選賢佐兄以課吏曾獲首選坐辦朱觀察又爲之游揚故特蒙委任旋吳仲懌中丞李薌垣護督會辦徐叔和巡道坐辦朱子文觀察咸相倚重適創辦兩江學務處委兼該處文案其坐辦爲張子虞觀察極形契洽二十八年壬寅江南補行庚子辛丑併科主司爲戴少懷尚書黃

冊巷侍郎兄奉聘調內簾同考官差悉心校閱本房取
中孫多藝等十八人內桐城方編修履中石埭徐農部
紹熙京口駐防翰讀延昌皆連捷成進士海州汪壽康
懷甯丁德以保送舉貢考取知縣二十九年春奉委署
理甘泉縣篆甘爲揚首邑繁劇號難治習見州縣衙門
有所謂門簽錢漕三行家人無官之位有官之權狐假
虎威最爲民蠹誓不用改延收發友人告期親自收呈
遇兩造同呈比即訊結其餘案不輕准准則隨到隨訊
隨訊隨結立判堂諭給閱或僉與共聽當堂取結完案
在任十四個月結案五百餘起有十年不結之案至此

一訊卽結其家庭案件概不用刑反覆勸諭至有感泣
者除盜賊人命姦拐案外從不輕押輕刑於婦女尤爲
審慎以婦女一受刑押則於名節有關也在任卻陋規
萬金廣陵官場多有知之者三十年夏交卸是年冬
詔練陸軍江南設督練公所分兵備參謀教練三處粤東徐固
卿軍門時以道員充節署文案奉檄同今京卿朱菊尊
觀察創辦以總文案見委極爲推重並引薦兼司督幕
軍務兄與軍門向未謀面亦無人推轂軍門於閱制軍
課吏卷内物色得之一見如故求之近時殆不多覯三
十二年八月繼蓮溪方伯傳見多員考詢時政以所對

得體次日牌示委署東臺縣事辭不獲命九月初到任至則承揚郡放壩水災之後積潦猶深前任馬明府因飢民搶米店燒學堂打毀紳家被撤茲則米價愈昂積穀項下所存錢穀又奉文以未經大員撥查不准擅動窮民勢將蠢動紳商惶恐慮蹈覆轍詣縣籌商當即捐廉倡始會同紳董徧歷城鄉及縣境之十場設法勸募舉辦粥廠及平糶局數十處兼籌湘省暨淮徐海振捐地方幸獲敉平並請修水利蚌蜒河隄及縣志整頓高等初級各學堂籌辦女學堂蒙小各學堂及公園商會醫會戒煙會私塾改良會籌添恤嫠會經費捐建種植

局並擴充警察團防等事在任爲地方捐廉千數百元
爲前任津貼數百金悉出解囊並不慊他人之慨而於
天主教强欲在學堂旁建堂傳教引約章據理力爭百
折不回得以磋磨作罷尤爲士民所感佩東邑視甘邑
較爲易治一如任甘時不用三行家人仍延收發幕友
在任八閱月結案百餘起從無上控翻控之案即在甘
亦然並嚴束書差家丁不准需索分文頗有以爲水清
無魚馭下過於嚴刻者不收傳呈而收攔輿其所以防
收發之壅閉者亦甚至間有罪止枷杖新章應行折贖
及戶婚田土細故理屈者或願罰充善舉均聽其自行

樂輸於粥廠平糶局恤嫠會種植局等處以代罰鍰既不經手銀錢其以款繳案者亦即備文照發東邑民心尚知辨理之持平於案結後徧貼頌詞赴大堂放爆焚香或因公坐小艇赴鄉則兩岸設香案以誌感情兄則視爲不虞之譽皆隨時禁止惟該邑水土頗寒勤勞過甚肝氣大發屢思乞假而紳民愛戀依依不舍兄亦以做一日之官應盡一日之職力疾從公不肯稍息自謂可免愆尤矣不意次年四月忽奉檄撤任五月返省則知端制府已附片以縱容收發勒索訟費奏參矣其中緣因複雜兄雖知之而未肯明言大約苞苴不染請託

不行不用三行家人潔己奉公便於君子而極不便於小人向當三行者與收發亦勢不兩立匿名揭帖讒說殄行上台不察致干吏議兄言吾於阻建教堂時早已將功名置之度外今一官何足惜不過考語反對於本心不無刺謬且勵志循良實行不用三行家人遵延收發幕友大張曉諭裁去一切陋規如果縱容何必多此一舉況從前三行攬權作弊無非拖延積壓濫押人犯以遂其勒索之謀今一埽而空實以防微杜漸是此心決不縱容非惟士民所共諒亦可質諸天地鬼神其所稱收發勒索果係何案何以絕無人告發又何以見其

縱容則此數字亦係想當然耳嶢嶢者易缺皎皎者易污欲加之罪何患無詞而因此去官令人以廉吏爲戒不敢爲地方興利除弊於吏治未免阻其進步亦緣中國上下隔絕下情不能上達否則此公乃開通之人於我並無芥蒂且批公牘每每褒嘉若詢事考言何致應舉反劾茲特爲市虎弓蛇所誤從一方面著想而不知莠言之亂政也後郡守榮太尊首縣袁大令邑紳夏太史進見詢及所對皆有褒無貶不約而同此公亦悟其寃但不能如古名臣之自行檢舉耳兄此後絕口不談時事以詩酒及弄孫自娛嘗有句云湯陰三字莫須有

彭澤一官歸去來毁譽是非何處辯閉門思過且銜杯
蓋不敢辯亦不屑辯也三十四年祉奉差在津兩處兒
始作北地之游適張少軒軍門駐紮昌圖邀往營次宣
統元年軍門卸行營翼長差兒時請暫假在甯二年春
因禕奉差在吉乃復作吉省之行頗愛此間山水以爲
大似江浙風景嘗　陳簡帥委充督練兵備處考功兼
執法科科員適改編成鎮軍書旁午恍若在兩江差次
創辦新軍時也客途及戎機之暇得吉林紀事詩二百
餘首仿益陽蕭皋謨直刺西疆雜述詩續溪程蒲孫太
史瓊州雜詠詩自註之例每首各加箋註非務博也蓋

欲以之表揚
列聖締造經營
監國佐
皇上維新布憲與夫各大憲暨百職司之嘉猷美政以及山川風土金石人物之焜耀大東分門別類各紀以詩他時修志乘者以之作鄉土志觀當不無小補即士大夫手此一編全省事情運諸掌上或不致以無足重輕視之乎至於兄詩當世必有能論定之者則不敢贊一詞是爲序

宣統二年仲秋穀旦弟兆禕祉合詞謹序

跋

余於己酉之春來關外偶就見聞所得隨筆紀錄名曰塞北叢談然事冗性懶年餘尚未盈卷也旣非著述未敢草率以示人今夏　沈釣平君知余有是作屢欲索觀余以則數無多且弇陋終祕未予乃越一月而君以所著吉林紀事詩四卷見貽詩凡一百六十餘首每首加註共有七萬餘言不禁爲之咋舌同一紀事之作余以年餘積累所得如彼君以一月搜討所成如此人之能拙得無相懸余讀君之詩旣竟思欲奮起成余作以補君所未紀并欲以資君之詩料然君此詩特其嚆矢

金陵湯明林

耳其他鉅作恐不一二月又將繼成駑駘之足安能奔

及騏驥亦惟望塵興慕而已

宣統庚戌冬至後二日陽湖談琨熙跋

跋

曩與　沈公鈞平譚論時政磋商學務深服其爲宅心純正實事求是者也公任我東臺時正毀學風起民心憂絀之後新機待動撫字無人公下車伊始卽以教養兼施爲亟務數月之間學校復興新政漸起闔邑人心亦因之安謐凡我學界靡不歡迎之以爲吾邑得公雖晚而自此二三年後一切公益進行可預而定也乃晚近以來敷衍形式者風靡一時而實心任事者轉不合時尚公居心正直凡事期益於民致觸當道之忌而吾邑賴公實行之事遂至今而未舉雖已四易寒暑而一

念吾東即不忘於公銘忠去冬由京來吉見公手訂吉林全省輿圖一幅欣知公亦在此遂往謁之一見相契逾昔復得斯集而讀之推本窮源令人忠愛之心油然而生而於邊務事跡尤三致意焉所謂宅心純正實事求是者非耶余既惜昔日公愛東邑之心未護一一見諸行事今幸公愛吉省之心將不難臻諸實事誠非第空言傳世不能無動於中爰書數言跋之簡末

宣統三年春三月上浣後學丁銘忠謹識於鷄林省中學校

記

庚戌季春赴吉戎幕之暇偶得吉林紀事詩百六十四首以古今依類箋註約七萬餘言倩書手油印四十部秋間呈政於　新會中丞及諸名公頗蒙許可因繪圖列表補詠數十首加註數萬言訂成草本適沈南雅吳夢蘭兩先生游吉索觀是編極欣賞之許爲可傳之作慫恿付梓因舉全稿託吳君在京排印題跋內之善書者並付諸石印尚未告竣四月三日余得家電驚悉內子病危請假暫旋下浣抵甯則知得電之時即屬斷弦之日多年貧賤夫婦一旦分飛未能偕老不覺悲從中

來親友赴弔者慰問之餘知余有是集也均以先覩爲快行篋内祇存油印一部不敷分贈兩兒請就近排刷因以此部爲底本將圖表暨補詠各詩添入其註内所增僅記其大概至於詳細之處憶不能全姑從闕如作爲金陵排印本以公同好將來都中書成應名爲北京本倣帚自珍亦何可笑倘望　碩學鴻才匡其不逮並賜以題跋俾隨時增入以光卷冊則幸甚焉

宣統三年辛亥季夏月豫章沈兆禔鈞平氏自記於金陵旅次

刋誤表

大字每頁作二十行每行作二十四字計算
小字每頁作四十行每行作三十一字計算

卷	頁	行	字	誤	正
首	表一 表八	三九 三一	上層八 上層五	原 臨	源 㡀
首	曹序一	十八	四	官	宧
首	自序一	四行註	十二	成	誠
一	二	大十九	十二下	落	謹
一	四	大二十	十六十七	伯府	府伯
一	七	大十	九 十一	二 一	一 二
一	八	小十六	十二	落	以
一	十	小三九	十六	原	源
一	十三	小五 七	五 二十	彊	疆
一	十四	小三二	二九	雲	龍
一	十四	小三九	二五 二六	塤壞	損壞
一	十五	小十 十一	三一 一	鞨靺	靺鞨
一	十九	大八	十	巹	卮
一	二十	小二五	八	高	尚
一	二三	小十七	十三	韋	章
一	二四	大十五	五	壼	壺

二	五	小十四	二三	數	敷
二	五	小十六	三十	擅	擔
二	八	小十九	十二	隷	衍
二	十五	小三八	四	士	土
二	十六	小三七	五	誠	誡
二	二一	大六	五	繁	繁
二	二七	小三四	十八	彊	疆
二	三二	小六	二三 二四	私難	難私
二	三三	小二七	三	銷	除
三	二	大一	十 二十	織	職
三	二	小五	二四	唱	倡
三	十四	小十	十四	落	里
三	十四	小十六	四 五	致以	以致
三	二四	小二十	二七	缺	一
四	一	大十	十四	桂	挂
四	三	大十二	四	水	冰
四	四	大八	八以下	落	水仙木槿
四	十六	小二	十三	崚	峻
末	跋二	十五	二三	護	獲
末	記一	八	十三以下	落	今夏